GW00392073

Antoine Peillon est grand reporter à *La Croix*.

Antoine Peillon

CES 600 MILLIARDS QUI MANQUENT À LA FRANCE

Enquête au cœur de l'évasion fiscale

Éditions du Seuil

TEXTE INTÉGRAL

ISBN 978-2-7578-3090-1
(ISBN 978-2-02-108122-0, 1ʳᵉ publication)

© Éditions du Seuil, 2012

« Nos époques sont celles de la disparition et de l'instrumentalisation du courage. Or ni les démocraties ni les individus ne résisteront à cet avilissement moral et politique. [...] Il s'agit de surmonter ce désarroi et de retrouver le ressort du courage, pour soi, pour nos dirigeants si souvent contre-exemplaires, pour nos sociétés livrées à une impitoyable guerre économique. Le plus sûr moyen de s'opposer à l'entropie démocratique reste l'éthique du courage et sa refondation comme vertu démocratique. »

Cynthia Fleury,
La Fin du courage,
Paris, Fayard, 2010.

Six mois après

Depuis la parution de *Ces 600 milliards qui manquent à la France*, le 22 mars 2012, l'actualité semble s'être emballée à propos de l'évasion fiscale. En France, mais aussi dans de nombreux autres pays. À l'occasion de l'édition en Points de cette « enquête au cœur de l'évasion fiscale » organisée en France par la banque suisse UBS, une rapide revue d'un semestre d'événements judiciaires et politiques liés au livre s'impose donc.

• Le 12 avril, soit trois semaines après l'arrivée en librairie de *Ces 600 milliards...*, et dix jours seulement avant le premier tour d'une élection présidentielle qui se terminera par une alternance politique alors déjà prévisible, le parquet de Paris désigne un juge d'instruction, Guillaume Daïeff, pour mener une information judiciaire visant le « démarchage bancaire ou financier illicite de prospects français ou résidant sur le territoire national, [...] [la] complicité du même délit », ainsi que le « blanchiment en bande organisée de fonds obtenus à l'aide de démarchages bancaires ou financiers illicites ».

- Le 17 avril, auditionné par la commission d'enquête sénatoriale sur « l'évasion des capitaux et des actifs hors de France et ses incidences fiscales », je fais, entre autres, ce commentaire : « Les douaniers, les enquêteurs de police, les brigades financières, l'Autorité de contrôle prudentiel ont collecté une masse considérable de documents et informations qui, d'abord, leur ont été adressés spontanément ou parfois remis sous la contrainte, mais qu'ils ont aussi récupérés grâce à leur propre travail. Ils ont ensuite transmis ces documents et informations au parquet de Paris, en même temps, d'ailleurs, que des plaintes – dont j'ai ici copie – étaient déposées par des salariés d'une grande banque [UBS] auprès de ce même parquet. Certaines de ces plaintes et de ces informations remontent à plus de deux ans. Mes sources […] ont été étonnées, comme je l'ai été moi-même, d'apprendre qu'un juge d'instruction avait été mobilisé sur une information judiciaire […] voilà à peine quelques jours, le 12 avril dernier, soit un peu plus de trois semaines après la parution de mon livre, dans lequel je m'étonnais d'ailleurs de l'absence d'une information judiciaire, mais surtout très longtemps après que tous les éléments probants de nature à motiver cette information ou cette instruction judiciaire eurent été réunis. »
- Le 23 mai, le juge d'instruction Guillaume

Daïeff témoigne, à son tour, devant la commission d'enquête sénatoriale. Selon *Le Nouvel Observateur*, il insiste alors « sur l'existence d'un "verrou" dans les affaires de fraude fiscale : le procureur ne peut pas, de lui-même, engager de poursuites, mais doit attendre une plainte du ministre du Budget. "Imaginez que le ministre du Budget soit le trésorier d'un parti politique et demande à certains contribuables de financer la campagne, là, le verrou peut être un problème…" », étayant ainsi l'analyse politique développée par *Ces 600 milliards qui manquent à la France*.

- Le 25 mai, je suis entendu, en tant que témoin, par le juge d'instruction Guillaume Daïeff, au Pôle financier du tribunal de grande instance de Paris (rue des Italiens).
- Le 15 juin, je suis reçu par deux rapporteurs de la Cour des comptes et leur équipe, dans le cadre de l'ouverture d'une enquête sur les éventuels dysfonctionnements de l'Administration vis-à-vis de la fraude fiscale internationale.
- Le 19 juin, un important jugement du juge départiteur aux prud'hommes de Paris condamne UBS France qui avait licencié un de ses cadres supérieurs parce qu'il dénonçait l'évasion fiscale organisée par la banque. « La SA UBS France ne démontre pas que les accusations réitérées dans divers écrits par M. N. F. à l'égard de son employeur d'avoir organisé "un système d'aide à l'évasion fiscale et à la fraude fiscale interna-

tionale" seraient infondées », peut-on lire dans le jugement prud'homal.

- En juin 2012, l'information judiciaire menée par le juge d'instruction Guillaume Daïeff s'accélère. Les bureaux régionaux d'UBS France sont perquisitionnés, au moins un ancien cadre et trois salariés actuels d'UBS France sont placés en garde à vue et entendus par la douane judiciaire, les mardi 26 et mercredi 27 juin, à Strasbourg et à Lyon, mais aussi à Lille et Marseille. Le jeudi 28 juin, un des cadres concernés est mis en examen et placé sous contrôle judiciaire pour « complicité de démarchage illicite » et « blanchiment ».
- Le 3 juillet, à l'Assemblée nationale, le nouveau Premier ministre Jean-Marc Ayrault s'en prend à l'évasion fiscale, lors de son discours de politique générale. Il y affirme que « le patriotisme ce n'est pas fuir la France pour les paradis fiscaux et laisser à ceux qui restent le poids de l'effort ». Il promet, en conséquence, que le gouvernent « se donnera les moyens de lutter contre la fraude et d'abord [contre] l'évasion fiscale ».
- Le 17 juillet, le juge Guillaume Daïeff met en examen un ancien cadre d'UBS France (bureau de Lille), une fois encore pour « complicité de démarchage illicite » et « blanchiment ».
- Le 24 juillet, la commission d'enquête sénatoriale sur l'évasion fiscale publie son rapport. Les sénateurs ont auditionné, d'avril à juillet, 130 personnes, dont 90 au Sénat et 40 autres

lors de déplacements en Suisse, en Belgique, à Londres et à Jersey. Le rapporteur de la commission, le sénateur du Nord Éric Bocquet, témoigne, dans *Le Nouvel Observateur* : « Ce qui m'a le plus frappé, ce sont les sommes que représente l'évasion fiscale. Selon les estimations, ce sont entre 40 et 50 milliards qui manqueraient au budget [annuel] de l'État du fait des phénomènes d'évasion et d'optimisation. Sur un budget total de 275 milliards d'euros, ce ne sont pas des sommes négligeables. » Les chiffres et les témoignages recueillis par la commission d'enquête, y compris à propos d'UBS, confirment les informations publiées par *Ces 600 milliards qui manquent à la France*. Le rapport des sénateurs, adopté à l'unanimité, fait aussi 59 propositions, parmi lesquelles la création d'un Haut-Commissariat à la protection des intérêts financiers publics. Cet organe, qui permettrait de coordonner les différents services luttant contre l'évasion fiscale, et surtout d'inscrire ces actions dans la durée, pourrait être directement rattaché au Premier ministre.

- Le 21 août 2012, Éric Bocquet affirme que le rapport de la commission française d'enquête sénatoriale sur l'évasion de capitaux sera soumis à discussion lors du débat budgétaire, en octobre, à l'Assemblée nationale. Le sénateur annonce aussi son intention de remettre officiellement le rapport au ministre français de l'Économie et des Finances, Pierre Moscovici, début septembre.

Selon lui, les conclusions de la commission d'enquête doivent également être abordées dès la rentrée politique, lors des journées parlementaires qui débutent en septembre.

Antoine Peillon,
le 3 septembre 2012

Avant-propos

« Au risque de paraître naïf, on rappellera que
seuls les tricheurs ont à craindre que la vérité
ne soit découverte sur leurs agissements. En
tolérant avec complaisance [la fraude], voire en
empêchant cette nécessaire transparence, les États
comme les détenteurs du pouvoir économique
se font complices objectifs de la criminalité
organisée. L'aveuglement est désormais syno-
nyme d'hypocrisie. Si elle devait encore durer,
l'absence de réaction deviendrait complicité et il
ne resterait au juge qu'à se démettre et au citoyen
à confier sa défense à des démagogues ou à des
gourous, sur les cendres de la démocratie. »

Bernard Bertossa
(alors procureur général de Genève),
« Après l'aveuglement et l'hypocrisie,
la complicité ? », dans *Un monde sans loi*,
Paris, Stock, 1998, p. 125.

« La crise » ! Depuis février 2007 et la révélation
de l'accident majeur des subprimes américains, le
monde entier retient son souffle face à la menace
de la grande apocalypse financière, économique et

sociale mondialisée. De « plans de sauvetage » en « plans d'austérité » successifs, les sommets mondiaux des grands dirigeants politiques et financiers de la planète ne font, finalement, que constater l'ampleur et l'expansion des déficits publics, de la récession larvée et des dettes croissantes des États.

Je travaille sur « la crise » depuis mars 2010, époque à laquelle j'ai donné une première conférence sur l'« Apocalypse de notre temps ». Dans cette perspective, j'ai suivi de près les fameux G20[1] de Londres (avril 2009), de Pittsburg (septembre 2009), de Toronto (juin 2010), de Séoul (novembre 2010) et, dernièrement, de Cannes (novembre 2011). Chaque fois, j'y ai entendu la même double rengaine. En chœur, les présidents des États-Unis et de la France, le Premier ministre britannique et la chancelière allemande lançaient de nouveaux appels à la rigueur budgétaire, à la réduction de la dette et… à la liquidation des paradis fiscaux.

Mais, chaque fois, j'ai constaté que la diplomatie imposait, *in fine*, l'extension du tabou sur la « finance fantôme ». Ainsi, à la veille du G20 de Londres, par exemple, Jersey, Guernesey et l'île de Man disparaissaient, comme par enchantement, de la « liste grise » des territoires fiscalement « non coopératifs » établie par l'Organisation de coopération et de développement économiques (OCDE).

---

1. Groupe de dix-neuf pays plus l'Union européenne représentant plus de 90 % du produit mondial brut, créé en 1999, après la première succession de crises financières.

De même, depuis 2010, j'ai lu constamment que l'organisation internationale Tax Justice Network s'étonnait que le Liechtenstein, le Luxembourg, la Suisse, l'État américain du Delaware ou la City de Londres ne figurent plus dans les listes noires ou grises de l'OCDE, alors que ce réseau d'associations indéniablement compétent en matière de paradis fiscaux considère toujours ces pays comme des centres offshore[1] « toxiques ». De même, j'ai relevé que le Comité catholique contre la faim et le développement-Terre solidaire (CCFD) dénonce sans cesse, mais dans l'indifférence quasi générale, l'impact humanitaire dramatique de l'évasion fiscale qui prive, selon cette association, les pays en développement de 600 à 800 milliards d'euros, « soit près de dix fois l'aide au développement octroyée par l'ensemble des pays riches »…

En France, la question de l'inflation galopante de la dette publique est devenue le sujet d'une intense polémique politique durant le printemps et l'été 2011, au moment de la discussion parlementaire du projet gouvernemental d'inscrire dans la Constitution une « règle d'or » de retour à l'équilibre budgétaire. C'est alors qu'a commencé de circuler, parmi les spécialistes internationaux de finances publiques, le mémoire d'un très jeune économiste

---

1. En matière financière, ce terme qualifie les entités juridiques créées dans un autre pays que celui où se déroule l'activité génératrice d'une richesse, afin d'optimiser la fiscalité (paradis fiscal) ou la gestion financière de ces capitaux.

parisien, Gabriel Zucman[1], dont le titre – « La richesse manquante des nations » – était en lui-même parfaitement significatif. Il y était démontré, scientifiquement, que 8 % de la richesse financière des ménages du monde entier sont détenus dans des paradis fiscaux et qu'« un tiers de cette richesse mondiale manquante est géré en Suisse ».

La lecture de ce « working paper » m'a convaincu que la fraude et l'évasion fiscales sont un facteur majeur de la crise économique du monde. Par ailleurs, j'ai suivi de près le développement de la véritable guérilla qui opposa le fisc américain à la banque suisse UBS, à partir de la révélation, fin 2007, de l'organisation de l'évasion fiscale de quelques milliers de « clients », depuis le tout début des années 2000. Au total, les percepteurs d'outre-Atlantique[2] ont découvert que, dans la seule année 2004, UBS avait créé au moins 900 sociétés écrans pour garantir l'anonymat de clients états-uniens fortunés, que des dizaines de ses commerciaux suisses opéraient illégalement sur le territoire américain, que ceux-ci avaient ouvert pas moins de 52 000 comptes non déclarés, en Suisse et dans d'autres paradis fiscaux, pour engranger les

1. « The Missing Wealth of Nations : Are Europe and the US Net Debtors or Net Creditors ? », 27 juillet 2011.
2. Depuis 1978, Daniel Reeves œuvre à l'Internal Revenue Service (IRS), le fisc américain. Dès 2007, c'est lui qui récolte les preuves contre les pratiques illégales d'UBS et de ses gérants de fortune sur le territoire américain. Le tout fait l'objet d'un rapport de 305 pages bouclé par cet enquêteur en février 2009.

richesses de ces nouveaux clients de Miami ou du New Jersey.

Afin de mieux comprendre ce phénomène de l'évasion fiscale, qui pèse si lourdement sur l'économie mondiale, afin d'en connaître aussi les mécanismes concrets, j'ai donc décidé, fin août 2011, de commencer une enquête. Les premières informations recueillies et les sources rapidement rencontrées m'ont orienté vers la banque UBS et, principalement, vers les activités « Cross Border » (traversée des frontières) de sa filiale française, ouverte à Paris en 1999[1].

* * *

À Paris, Cannes et Strasbourg, à Lausanne, Genève et Zurich, j'ai rencontré un nombre important d'officiers de police et du renseignement, de cadres de banque, ainsi que quelques autres personnes qui m'ont offert informations et analyses inédites, parfois sensationnelles.

Pour certains, le risque était considérable d'accepter de me parler. On ne viole pas impunément le « secret défense », ni même le secret bancaire. Depuis 2007, parfois, la carrière de certains de mes interlocuteurs a été entravée, des licenciements abusifs les ont écartés avec une rare brutalité loin du « système », les tentatives de corruption se sont faites pressantes, puis les intimidations – quand les

---

1. Immatriculée le 22 décembre 1998 au registre du commerce de Paris.

premières ont échoué – sont devenues récurrentes, puis les menaces se sont multipliées, des poursuites judiciaires ont été déclenchées, des écoutes plus ou moins légales, des filatures, des photos volées ont empoisonné leur vie quotidienne, effrayé les épouses et les enfants, fait fuir les maris...

Mais rien n'a finalement dévié ces personnes du choix fait un jour de ne plus fermer les yeux, de ne plus se taire, de demander des comptes et, en dernier recours, quand la justice tarde trop à faire son œuvre, de révéler la vérité au public par le recours aux journalistes. Parmi elles, des hauts fonctionnaires et des officiers de police et du renseignement ont ainsi manifesté leur résistance au dévoiement sans précédent, selon eux, de leurs services. Ce sont eux qui m'ont parlé, les premiers, d'UBS – la banque suisse leader mondial de la « gestion de fortune » –, de ses clients et comptes « très spéciaux », de l'évasion fiscale « à très haut niveau » et, surtout, du tabou judiciaire qui couvre les pratiques financières exotiques d'une certaine élite.

UBS ! Ce groupe suisse, dont les sièges sont à Bâle et surtout à Zurich, en Suisse, est aujourd'hui la plus grande banque de gestion de fortune dans le monde. Présente dans plus de 50 pays, UBS emploie environ 65 000 personnes. Le montant de son résultat d'exploitation était, au 31 décembre 2010, de presque 32 milliards de francs suisses (26,26 milliards d'euros), et son profit net s'élevait à plus de 7,5 milliards de francs suisses (6,16 milliards d'euros). Cette puissance financière et l'ancienneté de la maison zurichoise l'autorisent, visiblement, à faire preuve d'une audace particulière en matière de placements offshore et d'évasion fiscale.

Ainsi, dans un courrier « personnel et confidentiel » adressé à un futur client, une commerciale et un fondé de pouvoir d'UBS France (bureau de Bordeaux) écrivaient, le 4 janvier 2005 : « La banque UBS est reconnue comme le leader mondial en gestion d'actifs financiers. Notre groupe possède une expertise et un savoir-faire éprouvés depuis 140 ans qui lui permettent de répondre aux exigences les plus grandes de ses clients en matière de *confidentialité* [souligné par les rédacteurs, comme les passages suivants en italiques], d'optimisation fiscale, d'organisation et de gestion du patrimoine de ses clients, en *France* comme à l'*International*. Nous souhaitons vous rencontrer, si vous y avez convenance, en toute discrétion… Nous vous proposons un rendez-vous au choix dans les salons de notre antenne de Bordeaux ou encore à notre siège en France […] *ou enfin en Suisse.* »

Mais UBS ne fait pas démonstration de sa puissance auprès de ses seuls clients potentiels. Pour se garantir une paix favorable aux bonnes affaires, à l'abri du secret bancaire suisse, la banque n'hésite pas à rappeler à la Confédération que le secteur financier, employés et actionnaires compris, verse chaque année jusqu'à 18 milliards de francs suisses (15 milliards d'euros) d'impôts directs et indirects et que ce montant permet, selon sa dernière brochure annuelle, publiée en février 2012, de financer chaque année dix-huit Écoles polytechniques fédérales ou de verser le salaire de 150 000 enseignants du secteur primaire. Le même document souligne qu'entre 2002 et 2006 les impôts acquittés par UBS et ses collaborateurs se sont montés en moyenne à plus de 2 milliards de francs suisses (1,65 milliard d'euros) par an, en moyenne, rien qu'en Suisse[1]…

★ ★ ★

Au-delà des informations orales, des analyses et des témoignages toujours instructifs, beaucoup de mes sources ont pris le risque supplémentaire de me donner ou de me faire lire des documents totalement confidentiels, parfois même classés « secret défense », sachant qu'ils se mettaient alors en réel danger. Violant des règles évidentes, ils l'ont fait par conscience de donner ainsi une dernière chance à la vérité et à la justice de s'exercer, par esprit civique (ils me l'ont très souvent affirmé), en espérant que les valeurs fondamentales de liberté, d'égalité et de fraternité, qui sont le socle de notre République, conservent leur sens. Ces documents numérisés, ainsi que mes enregistrements et mes photos, représentent plus de huit giga-octets de mémoire électronique. Avec mon carnet de notes, ils sont désormais mis à l'abri. Je les tiens à la disposition du juge d'instruction qui enquêtera peut-être un jour sur l'évasion fiscale organisée par UBS en France,

1. L'Agefi, Actualité financière et économique, 10 février 2012.

mais certainement pas à celle d'un procureur et de policiers qui chercheraient à identifier mes sources et à violer ainsi le droit fondamental d'informer.

J'ai lu, l'automne dernier, le livre de Pierre Péan, *La République des mallettes*[1]. J'y ai relevé combien il est aujourd'hui difficile, pour un journaliste d'investigation, de continuer, en saine méthode, de « privilégi[er] la recherche de documents écrits à la collecte de témoignages oraux », lesquels sont par nature sujets à caution et exposés à d'inébranlables démentis. Manifestement, mes confrères du *Canard enchaîné* et du *Point*, qui ont publié, en janvier 2012, un livre décisif sur « la police politique de Sarkozy[2] », ont été confrontés aux mêmes difficultés. Or les documents sont bien les seules « preuves formelles » susceptibles d'étayer nos investigations. Pour mener son dernier ouvrage à son terme, Pierre Péan est donc passé outre : « Dès le milieu de ce travail d'enquête, il fallait me rendre à l'évidence : je trouvais très peu de documents, et ceux que je trouvais n'étaient guère crédibles... », écrit-il honnêtement.

J'ai eu beaucoup plus de chance que lui, sans

1. Pierre Péan, *La République des mallettes*, Paris, Fayard, 2011.
2. Olivia Recasens, Didier Hassoux et Christophe Labbé, *L'Espion du président. Au cœur de la police politique de Sarkozy*, Paris, Robert Laffont, 2012. Je peux attester que mes propres sources au sein de la Direction centrale du renseignement intérieur (DCRI) m'ont fait part, souvent, des mêmes informations que celles divulguées par ce trio de journalistes.

doute. Celles et ceux qui m'ont éclairé sur les arcanes de l'évasion fiscale qui saigne les finances et l'économie de notre pays m'ont aussi confié, souvent, des piles impressionnantes de documents sur papier et des clefs USB remplies de centaines de fichiers (rapports, comptabilités, listings de comptes, courriels, photos de personnes, de manuscrits, de téléphones mobiles, de notes de frais, etc.). Ils ont accepté que je photographie, enfin, certaines pièces à conviction. Nous avons communiqué à l'aide de téléphones mobiles sécurisés, achetés par lots à des opérateurs exotiques et dotés d'abonnements pris aux noms d'« Edgar Quinet », « Pierre Leroux », « Louis Blanc » ou « Louise Michel »…, et j'ai reçu des documents dans des boîtes e-mail tout aussi masquées, créées depuis des ordinateurs ano-nymisés et d'autres boîtes e-mail éphémères. Nous avons souvent éteint nos portables personnels ou professionnels ; leurs batteries ont été extraites de leurs coques, lorsqu'il s'agissait de ne pas être géo-localisés et de s'assurer que ces utiles gadgets ne serviraient pas malignement de balises et de micros indiscrets.

★ ★ ★

Durant mon enquête, dès octobre 2011, certains n'ont pas hésité à forcer la boîte aux lettres puis à s'attaquer à la porte de mon domicile, à détour-ner et utiliser les adresses IP des branchements de mes ordinateurs personnel et professionnel à l'Internet, à pirater mes e-mails et mes comptes Facebook ou Twitter, ainsi que ceux d'amis, afin de me faire passer moi-même pour un « hacker », à tracer et écouter mes échanges téléphoniques[1]. Méthodes dites de « sûreté » qui déshonorent ceux qui les pratiquent et qu'un livre d'investigation a révélées, en janvier 2012, mettant en cause la toute-puissante Direction centrale du renseignement intérieur (DCRI), son patron, Bernard Squarcini, et ses spécialistes de la « sous-division R », le « groupe des opérations spéciales » qui sévit clandestinement et presque toujours en totale illégalité[2]. Vaines méthodes, aussi…

Bien entendu, certains de mes interlocuteurs – dont les identités sont totalement inconnues du public – sont cités sous des pseudonymes, afin de garantir leur sécurité ou de les protéger de toute mesure de rétorsion, sanction disciplinaire, révocation, voire de condamnations très lourdes pour divulgation d'un « secret de la défense nationale », par exemple[3]. Il s'agit alors, principalement, des enquêteurs de la Banque de France, du renseignement, de la police et des douanes, ou des cadres d'UBS qui ont accepté

1. Une plainte a été déposée le 10 février 2012 pour « dégradation de bien privé », entre autres infractions.
2. Olivia Recasens, Didier Hassoux et Christophe Labbé, *L'Espion du président*, *op. cit.*, p. 116 à 129, entre autres.
3. Code pénal, articles 413-9 à 413-12.

de témoigner. En revanche, les noms d'autres protagonistes impliqués dans les affaires révélées ici sont donnés, dans la mesure où ils apparaissent déjà régulièrement ou épisodiquement dans les médias, du fait de leur notoriété, de l'importance de leur fonction et de leur implication visible dans l'économie ou la politique.

Il me reste le plaisir de remercier celles et ceux qui m'ont informé et qui se reconnaîtront, les miens qui ont beaucoup supporté et mon éditeur, Hugues Jallon, pour sa vigilance et sa confiance. J'ai une reconnaissance particulière pour Jean Ziegler, pionnier de la mise au jour des arcanes bancaires suisses[1]. Son invincible espoir fut un décisif encouragement.

Post-scriptum :

J'ai bien entendu entrepris de recouper et vérifier systématiquement mes informations, notamment auprès d'UBS. Pendant plusieurs jours, j'ai échangé par téléphone et par e-mails avec cinq interlocuteurs français et suisses de la banque, après avoir essayé – en vain – de prendre contact avec le président du directoire d'UBS France. J'ai réussi à obtenir un rendez-vous avec le directeur juridique de l'établissement, rendez-vous qui a été finalement annulé au tout dernier moment par les dirigeants suisses, sans explication explicite, mais en réalité parce qu'ils

---

1. Jean Ziegler, *Une Suisse au-dessus de tout soupçon*, Paris, Seuil, 1976 ; *La Suisse lave plus blanc*, Paris, Seuil, 1990 ; *La Suisse, l'Or et les Morts*, Paris, Seuil, 1997.

voulaient cadrer cette rencontre en obtenant, entre autres, que je leur « soumette » mes informations et surtout les documents dont je disposais, ce que je ne pouvais évidemment pas accepter. De même, après un échange téléphonique avec la magistrate chargée des relations avec la presse au parquet du tribunal de grande instance de Nanterre, j'ai demandé par e-mail de pouvoir m'entretenir avec le premier vice-procureur Philippe Bourion sur son enquête préliminaire concernant l'évasion fiscale organisée par UBS en France. Au dernier jour de « bouclage » du livre, le 27 février 2012, je n'ai toujours pas reçu de réponse à cette demande.

Introduction

L'ombre des 590 milliards d'euros qui manquent à la France

> « Je le sais, on aura quelque peine à me croire. Les événements que j'ai consignés dans cette relation sont en effet bien peu croyables. Car moi-même en les relatant je pense rêver. »
>
> Henri Bosco, *Une ombre*,
> Paris, Gallimard, 1978, p. 81.

Juste à la veille du nouvel an 2012, ce fut une heureuse façon de terminer mon enquête. Dans cette brasserie toute proche de la Bourse, à Paris, mes principales sources avaient accepté de participer à une sorte de banquet républicain. Autour de la table, j'ai réuni un ex-commissaire divisionnaire de la Direction centrale du renseignement intérieur (DCRI), Aleph, mon premier informateur, aujourd'hui haut fonctionnaire dans un service de coordination du renseignement au plus haut niveau de l'État ; Beth, tout juste arrivée de Lausanne, où elle fait partie de la haute direction du groupe bancaire suisse UBS, mais aussi trois cadres supérieurs – dont Guimel – d'UBS France, la filiale parisienne du groupe helvétique. Le lecteur fera rapidement connaissance avec chacune de ces personnes au fil des chapitres qui suivent.

Certaines d'entre elles se rencontraient pour la première fois, même si chacune connaissait, d'une façon ou d'une autre, l'existence des autres. Bien entendu, il s'agissait d'abord de se réjouir en commun du proche aboutissement d'un travail collectif de divulgation, par mon intermédiaire, d'informations jusqu'alors plus ou moins partagées entre les différents protagonistes. Mais il nous fallait encore recouper, assembler, comparer, voire confronter au moins une fois tous ensemble nos connaissances et compréhensions forcément partielles du même phénomène : l'évasion fiscale massive organisée sur le territoire français par la première banque suisse ayant pignon sur rue à Paris, mais aussi par l'ensemble du secteur financier, puisque même si, selon mes sources, UBS ne réalise qu'environ un vingtième du montant de ces opérations, celle-ci serait « championne en la matière » et ses méthodes seraient un « véritable modèle ».

★ ★ ★

Le premier sujet sur lequel j'ai noté, ce midi-là, un complet consensus entre mes convives est le rôle leader d'UBS dans l'évasion fiscale, en France comme cela s'est révélé officiellement aux

États-Unis, depuis 2008, ou en Allemagne, depuis juin 2010. De façon plus générale, les banques suisses occupent le premier rang mondial en matière de « Private Banking », ou gestion de fortune transfrontalière pour clients privés. En 2007, elles géraient près de 27 % de toutes les fortunes privées investies hors de leurs pays d'origine (offshore). Le « Private Banking » contribue pour plus d'un tiers aux profits des deux grandes banques UBS et Crédit suisse. UBS, leader à l'échelle mondiale en matière de gestion de fortune, occupe également la première place en Suisse en ce qui concerne les opérations avec la clientèle privée et les entreprises[1].

Ainsi, les cadres d'UBS France évaluent à quelque 85 millions d'euros le montant des avoirs qui ont été soustraits par leur banque au fisc français, chaque année, en moyenne, depuis l'an 2000. « En dix ans, ce sont environ 850 millions d'euros d'avoirs qui ont échappé à l'impôt, grâce à nos seuls services d'évasion fiscale », affirme l'un d'entre eux. Beth, qui travaille au cœur du groupe UBS, à Lausanne, confirme les estimations de son collègue parisien. Elle fait remarquer que la filiale française enregistre un lourd déficit comptable structurel depuis sa création en décembre 1998, à hauteur d'environ 560 millions d'euros, ce qui devrait suffire à alerter les autorités publiques de contrôle des banques.

1. Source : SwissBanking – Association suisse des banquiers (2012).

Beth explique : « Ce déficit n'est qu'apparent, parce que la banque française ne peut pas légalement enregistrer son chiffre d'affaires sur la commercialisation des comptes offshore non déclarés, chiffre d'affaires qui profite, au niveau comptable, directement à UBS International, c'est-à-dire à notre maison mère, à Genève, à Bâle, à Lausanne et à Zurich. Comment peut-on imaginer un seul instant qu'un groupe bancaire bien géré puisse accepter, sur plus de dix ans, un déficit structurel de plus de 50 millions d'euros par an dans l'une de ses filiales, à moins d'être particulièrement naïf, ou plutôt complaisant ? La véritable raison d'être d'UBS France, depuis sa fondation, est de couvrir le démarchage illégal des fortunes françaises pour leur vendre des comptes offshore non déclarés en Suisse, au Luxembourg, à Singapour – cette hyperstructure des paradis fiscaux –, à Hong Kong, de plus en plus, le tout étant géré depuis Genève, Lausanne, Bâle et Zurich ! » affirme la dirigeante bancaire.

Mais, aujourd'hui, comment est-il possible que cette activité illégale puisse perdurer, alors qu'aux États-Unis, en Allemagne et, peut-être, bientôt en France l'étau judiciaire se resserre peu à peu sur le géant suisse de la gestion de fortune ? Ma question suscite un sourire amusé sur les visages de tous mes convives. Un des trois cadres supérieurs d'UBS France me remet alors la copie d'un projet d'e-mail, daté du dimanche 28 mars 2010 à 19 h 14, rédigé par Bernard U., un Suisse appartenant à la direction de la filiale parisienne, un document particulièrement sensible qui n'aurait jamais dû être perdu... J'y lis que, suite aux risques accrus de contrôles fiscaux, les financiers suisses vont perfectionner leurs dispositifs de protection des clients français d'UBS International, puisqu'« ils ont reçu l'OK de légal [c'est-à-dire l'accord du contrôleur juridique de la banque] pour pouvoir recommander des cabinets d'avocats aux clients » ! Le message de Bernard U. précise : « L'offre produits en Suisse est complète [et inclut] Ass[urance] vie et fonds général. » Cerise sur le gâteau genevois : « En plus, ils [les Suisses] peuvent placer des produits que nous en France ne pouvons pas !! »

Un autre des trois cadres d'UBS France embraye alors derrière son collègue et nous révèle qu'une liste manuscrite de près de 120 chargés d'affaires suisses opérant clandestinement en France, mise à jour en juin 2011, a été remise au très efficace Service national de douane judiciaire (SNDJ), lequel a depuis continué d'engranger de multiples preuves du démarchage en vue d'évasion fiscale[1]. Ces chargés d'affaires vendent de l'évasion fiscale « clef en main », c'est-à-dire comprenant les conseils d'avocats spécialisés, les services d'éventuels convoyeurs et, presque toujours, la création quasi immédiate de sociétés écrans dans des paradis fiscaux exotiques.

Car, pour que l'argent puisse arriver jusqu'à l'abri convoité du secret bancaire suisse, sur un

---

1. Selon mes informations, le SNDJ devait achever l'essentiel de son enquête sur UBS dans le courant du mois de février 2012.

compte bancaire non déclaré, « les méthodes sont multiples, finalement aisées et parfois folkloriques », m'explique un des banquiers d'UBS. Il y a, bien entendu, le traditionnel passage d'argent liquide à travers la frontière. Le « client » peut procéder par lui-même à ce convoyage un peu risqué, mais un spécialiste peut lui être envoyé par la banque qui accueille ses fonds, à domicile, pour assurer cette évasion sonnante et trébuchante. Dans les deux cas, une bonne formule est de traverser le lac Léman, en bateau, à partir d'Évian ou de Thonon-les-Bains (Haute-Savoie), jusqu'à Lausanne ou Genève. Dans un esprit plus montagnard, certains traversent la frontière à ski, à partir d'Avoriaz (Haute-Savoie toujours), le sac à dos chargé. On peut aussi utiliser une voiture, mais à condition qu'elle soit immatriculée en Haute-Savoie.

Mais le transfert de fonds en liquide, ou sous forme de lingots ou pièces d'or, est marginal en comparaison de la méthode beaucoup plus simple de crédit du compte non déclaré par le paiement d'honoraires, à partir de l'étranger. C'est le moyen préféré des grands médecins, avocats ou consultants, qui émettent des factures à régler directement sur leurs comptes suisses. Une troisième méthode, plus indirecte, mais plus sûre du point de vue de la dissimulation, consiste à créer (la banque suisse s'en occupe) une société écran dans un paradis fiscal et judiciaire comme le Panama ou les îles Vierges. Cette société écran, gérée par un homme de paille, ouvre elle-même un compte en Suisse et y verse les revenus – notamment les droits d'auteur ou de propriété intellectuelle – que l'ayant droit réel lui a soi-disant cédés.

Presque tous ces avoirs transférés en Suisse et ces revenus non déclarés au fisc français sont à leur tour placés dans des fonds d'investissement, au Luxembourg, ou dans des hedge funds (fonds très spéculatifs) domiciliés dans les îles Caïmans, entre autres paradis fiscaux et judiciaires, où ils génèrent des revenus supplémentaires, toujours non déclarés, à des taux élevés de rendement. Enfin, de très nombreux cadres supérieurs français de multinationales se font verser leurs salaires sur des comptes bancaires ouverts à Chypre, par exemple, ou à Jersey, lorsqu'ils travaillent à la City de Londres.

★ ★ ★

Deuxième sujet inscrit au menu de nos agapes, à l'ombre du palais Brongniart de la Bourse de Paris : quel est le montant total de l'évasion fiscale, en France, et donc quel est son coût réel pour les finances du pays ? Ce phénomène est-il négligeable, ou bien pèse-t-il au contraire très lourdement sur les finances publiques et même sur l'économie de notre société ?

Pour mes spécialistes, la réponse est claire : « Les avoirs dissimulés au fisc français sont presque de l'ordre de toute la recette fiscale annuelle du pays. Ils représentent même presque cinq fois le produit de l'impôt sur le revenu en 2010[1] ! » Devant mon évidente stupéfaction, l'un des banquiers m'explique que leur évaluation est une extrapolation bien documentée des chiffres qu'ils ont collectés chez UBS à l'ensemble du secteur de la gestion de fortune opérant en France. Il me cite ainsi quelques « concurrents importants » d'UBS en la matière : BNP Paribas, en première ligne, mais aussi le Crédit agricole, les Banques populaires, la Société générale et surtout les autres banques suisses ayant des représentants ou des comptoirs en France[2], pour estimer à au moins 2,5 milliards le montant des avoirs français évadés en Suisse, chaque année, depuis une dizaine d'années. D'ailleurs, selon le ministère de l'Économie et des Finances, entre 100 000 et 150 000 comptes suisses non déclarés appartiennent à des Français. « Si on ajoute les autres paradis fiscaux, au premier rang desquels il faut citer le Luxembourg, le Liechtenstein, les îles Anglo-Normandes et les îles Caïmans, cela représente environ 15 milliards d'euros qui se sont évadés sur la dernière décennie », conclut-il.

Au total, mes interlocuteurs évaluent unanimement les avoirs des Français fortunés dissimulés en

---

1. La recette fiscale totale (recettes nettes du budget général) de la France, en 2010, est de 267,2 milliards d'euros. Celle de l'impôt sur le revenu est de 54,7 milliards d'euros, toujours en 2010.

2. Principalement : Crédit suisse, Julius Baer, Mirabaud Gestion, Pictet.

Suisse à hauteur de quelque 100 milliards d'euros[1] et à 220 milliards d'euros environ ceux qui se cachent dans l'ensemble des paradis fiscaux. « Sur les trente dernières années, avec un rendement moyen d'au moins 7,5 % par an, voire de 10 % dans les conditions les plus aventureuses, sur ces avoirs qui travaillent à l'abri des taxes, cela représente environ 20 milliards d'euros de revenus annuels totalement soustraits à l'impôt », poursuit Beth, la spécialiste de haut niveau de la gestion de fortune chez UBS, qui navigue entre Lausanne et Zurich, « soit un manque à gagner net de près de 10 milliards d'euros pour le fisc français, chaque année ».

À ce premier handicap financier pour l'État, il faut encore ajouter les 20 milliards d'euros qui sont aussi soustraits chaque année au fisc par les banques françaises, souvent au nom des grandes entreprises et des groupes, par les placements de quelque 370 milliards d'euros dans les paradis fiscaux, selon les données de la Banque de France et du Fonds monétaire international (FMI), croisées, en mars 2009, par l'hebdomadaire *Marianne*[2]. L'ampleur du phénomène a aussi été dévoilée en grande partie, au même moment, par le mensuel *Alternatives économiques* qui recensait la présence

1. L'Agefi donne 69 milliards d'euros d'avoirs français privés (non comptés ceux des entreprises et groupes, donc) déposés en Suisse, dont 50,75 milliards d'euros d'avoirs non déclarés (15 décembre 2011).

2. Emmanuel Lévy, « Les paradis fiscaux abritent 532 milliards de dépôts français », *Marianne*, 29 mars 2009.

des entreprises du CAC 40 dans les paradis fiscaux. Dans leur vaste enquête, Christian Chavagneux et Marie-Salomé Rinuy révélaient « que toutes les entreprises françaises du CAC 40 sont fortement présentes dans les pays offrant des services financiers de "paradis fiscaux"[1] ». Ils précisaient surtout que « le secteur financier se révèle être le plus engagé dans les paradis fiscaux », que « BNP Paribas, le Crédit agricole et la Société générale disposent de 361 entités offshore… ».

En résumé, selon l'ensemble de toutes ces estimations encore partielles, et en termes d'avoirs des personnes les plus fortunées et des plus grandes entreprises, l'évasion fiscale française s'élève, au minimum, à 590 milliards d'euros[2], dont 108 milliards rien qu'en Suisse[3]. En conséquence, chaque année, plus d'un tiers de l'impôt potentiel sur les revenus français – soit près de 30 milliards d'euros – n'est pas perçu, rien que par la dissimulation de ces avoirs et des produits financiers dans les paradis fiscaux.

★ ★ ★

1. Le rapport d'information du député UMP Gilles Carrez sur l'application des lois fiscales, déposé le 6 juillet 2011, relève aussi très prudemment la performance de l'« optimisation » fiscale des entreprises du CAC 40.

2. Soit 35 % de la dette publique record de la France, à la fin du troisième trimestre 2011 (1 688,9 milliards d'euros) !

3. La société genevoise d'ingénierie financière Helvea estimait les avoirs français privés placés sur des comptes suisses non déclarés à 80,4 milliards d'euros, en 2007.

Les chiffres de l'évasion fiscale des fortunes des ménages français ont paru être « une base » pour Gabriel Zucman, lorsque je lui en ai parlé, le 20 décembre 2011, puis le 13 janvier 2012, dans les jardins de l'École normale supérieure, boulevard Jourdan, à Paris, où j'ai pu lui confier en toute discrétion les principaux résultats de mon enquête. Le jeune normalien, doctorant à l'École d'économie de Paris, bénéficie déjà d'une grande notoriété internationale, grâce à une première communication scientifique sur « la richesse manquante des nations », publiée en février 2011[1], qui lui a valu le prestigieux prix de la Fondation Eni Enrico Mattei, lors du congrès annuel de l'European Economic Association.

À ce jour, le travail de Gabriel Zucman sur l'évaluation méthodique du volume des richesses détenues dans les paradis fiscaux du monde entier est considéré comme étant le seul offrant une grande sûreté scientifique. Malgré sa modestie, le jeune économiste reconnaît qu'il existe certes d'« autres chiffrages », mais que ceux-ci « reposent sur pas grand-chose » et qu'ils sont donc « contestables et peu instructifs ». Cependant, il souligne que ses propres évaluations sont particulièrement « raisonnables » en comparaison de la plupart des études réalisées sur le même sujet par des cabinets de conseil en placements financiers ou par des associations de lutte contre les paradis fiscaux qui donnent souvent des chiffres beaucoup plus importants.

1. « The Missing Wealth of Nations », mémoire cité.

Quant à ceux régulièrement diffusés par la presse, à partir des informations communiquées par Bercy (ministère de l'Économie et des Finances), ils sont, à l'inverse, excessivement faibles. Ainsi, en octobre 2011, même l'union syndicale SNUI-SUD Trésor estimait que la « fraude fiscale internationale représente pour sa part entre 15 et 20 milliards d'euros de manque à gagner [pour le fisc] par an », alors que l'évaluation minimale de cette même perte par les experts d'UBS s'élève à 30 milliards. En conséquence, et tous moyens de fraude confondus (escroqueries à la TVA[1], revenus minorés ou non déclarés, travail au noir, fiscalité locale évitée, prélèvements sociaux évités *et* évasion fiscale, etc.), la fraude fiscale doit sans doute approcher des 80 milliards d'euros, soit de plus du double des 29 à 40 milliards évalués en 2007 par le Conseil des prélèvements obligatoires (Cour des comptes) !

Quand je lui fais part des conclusions de mes sources bancaires, Gabriel Zucman est frappé par la cohérence des évaluations des financiers d'UBS avec ses propres calculs ou avec ceux du Boston Consulting Group[2], le célèbre cabinet international de conseil en management. Sa propre enquête,

---

1. Gilles Duteil, directeur du Groupe européen de recherche sur la délinquance financière et la criminalité organisée (Université d'Aix-Marseille), estime que l'« escroquerie » sur la TVA représente 10 à 15 milliards d'euros de pertes pour la France, par an.
2. Boston Consulting Group Global Wealth Market-Sizing Database, 2010.

réalisée à partir des anomalies mesurées précisément par le FMI dans la balance des paiements mondiale et du constat du « déséquilibre aberrant entre actifs et passifs » comptabilisés entre certains pays, l'a conduit à estimer que 6 000 milliards d'euros sont détenus, en 2011, par les ménages du monde entier dans les paradis fiscaux et que les banques suisses gèrent, à elles seules, un tiers de ces fortunes offshore. Cela signifie qu'au niveau mondial, environ 8 % de la richesse financière des ménages du monde entier sont investis hors des frontières et hors de portée du fisc de leurs pays. Or cette proportion globale peut sans doute être majorée, pour l'Europe, jusqu'à 10 %, selon le jeune économiste. Dans une mise à jour de son travail sur « la richesse manquante des nations », datée du 27 juillet 2011, Gabriel Zucman affirme qu'« un tiers de la richesse mondiale manquante est géré en Suisse… »[1].

Dès lors, grâce à la méthode de Gabriel Zucman, le calcul du montant de l'évasion fiscale des « ménages » français est faisable. Fin 2010, le patrimoine financier des Français s'élevait à 2 740 milliards d'euros. Si on applique à ce chiffre la proportion minimale de 8 %, nous obtenons quelque 219,2 milliards d'euros, soit, à 800 millions d'euros près, le chiffrage de l'évasion fiscale privée calculé par les financiers d'UBS sur la base de leur connaissance des pratiques de leur

1. Cette dernière affirmation est « basée sur les données de la Banque nationale suisse », selon l'économiste.

propre banque et de celles de ses « concurrentes ». Le jeune économiste tient cependant à souligner que, malgré la convergence des deux modes de calcul, nous nous situons ici « au plancher des estimations et dans des ordres de grandeur très conservateurs ».

Les leçons qu'il est dès lors possible de tirer de toutes ces données sont inédites et m'ont paru de grande importance. Tout d'abord, contrairement à l'opinion commune, les avoirs français placés sur des comptes non déclarés en Suisse ne « dorment » pas. Bien au contraire, ils produisent de substantiels dividendes, grâce à leur placement presque systématique dans des fonds d'investissement domiciliés principalement au Luxembourg, lesquels accumulaient quelque 1 000 milliards d'euros, en 2008, transférés presque totalement depuis des comptes offshore suisses.

Ensuite, cette masse considérable d'avoirs et de dividendes non déclarés, qui avoisine 10 % de la richesse privée des nations européennes, fausse lourdement les comptes internationaux de toute la zone euro. Selon le Boston Consulting Group et Gabriel Zucman, en 2010, pas moins de 2 275 milliards d'euros n'entrent pas ainsi dans les comptes de l'Europe[1], ce qui génère des distorsions importantes dans les statistiques mondiales et dégrade gravement la qualité des politiques éco-

---

1. La seule part de la fortune privée européenne placée sous le secret bancaire suisse est, selon le Boston Consulting Group, de 743 milliards d'euros en 2010 !

nomiques de l'Union européenne et des États. Le jeune économiste dénonce : « Pour l'Europe, cela produit l'idée absurde que cette région du monde est pauvre, endettée vis-à-vis de pays émergents comme la Chine, alors qu'elle est encore la plus riche de la planète ! Si la richesse manquante, masquée, revenait à sa source, on améliorerait beaucoup l'impôt et cela contribuerait à résoudre de façon substantielle les problèmes de financements publics. Cela ferait partie des solutions à la fameuse dette publique ! »

Dans le cadre d'une politique véritablement volontaire de liquidation de l'évasion fiscale des fortunes privées, sans parler de celle pratiquée par les grandes entreprises, Gabriel Zucman estime qu'il serait par exemple raisonnable de taxer à hauteur de 30 % les avoirs dissimulés dans les paradis fiscaux ; d'autres spécialistes préconisent même d'aller jusqu'à 50 %, comme c'est d'ores et déjà la pratique aux États-Unis. Le produit de cette taxe d'assainissement fiscal serait donc, pour l'Europe, de 667,5 milliards d'euros et, pour la France, de 66 milliards d'euros, au moins, soit 5 milliards de plus que le budget 2012 de l'Éducation nationale. Si l'on ajoute ensuite à cette première manne l'imposition constante des revenus issus des avoirs fiscalement rapatriés en France, soit près de 15 milliards d'euros par an, il n'est pas absurde de dire, avec le doctorant de l'École d'économie de Paris, que l'arrêt réel de l'évasion fiscale serait « un élément non négligeable d'un plan de sortie de crise ».

***

Enfin, un troisième sujet est venu se glisser, entre la poire et le fromage, dans l'ordre du jour de notre banquet de fin d'année. Ce fut la partie la moins ragoûtante du repas. Tous mes convives ont manifesté, chacun à sa façon, leur colère face à l'évidente inaction de la justice vis-à-vis de l'évasion fiscale en général et des délits perpétrés par UBS en France en particulier. En effet, alors que depuis la fin 2003 plusieurs services de renseignement, les enquêteurs anti-blanchiment du ministère des Finances (TRACFIN[1]), les contrôleurs de la Banque de France, puis la Brigade financière et finalement le Service national de douane judiciaire ont tous réuni les témoignages et les preuves de l'évasion fiscale massive organisée par le groupe bancaire suisse en France, alors que deux procureurs de la République ont été saisis pour les mêmes faits, en décembre 2009 et en mars 2011, alors que le gouvernement multiplie les communications martiales contre la fraude fiscale, les bureaux du siège d'UBS France, boulevard Haussmann, à Paris, n'ont toujours pas été perquisitionnés...

Aleph, le vieux routier du Renseignement intérieur, se montre le plus impitoyable de tous vis-à-vis

---

1. « Traitement du renseignement et action contre les circuits financiers clandestins » : service d'enquête administrative et de lutte contre le blanchiment.

de ses « patrons » de Bercy, de l'Intérieur et de l'Élysée. « Souvenez-vous, martèle-t-il, des rodomontades de Nicolas Sarkozy, en septembre 2009, à la veille du G20 de Pittsburgh, quand il nous assurait lors d'une interview donnée à TF1 et France 2 : "Il n'y a plus de paradis fiscaux. Les paradis fiscaux, le secret bancaire, c'est fini !" Souvenez-vous du beau discours qu'il a prononcé, le 27 janvier 2010, à Davos, pour l'ouverture du quarantième Forum économique mondial : "Nous sauverons le capitalisme et l'économie de marché, en le [*sic*] refondant et, oserai-je le mot, en le moralisant." Trois semaines plus tôt, les ministères des Finances, celui du Budget et celui des Affaires étrangères venaient de fixer par arrêté la liste des États ou territoires non coopératifs (ETNC) en matière fiscale. Surprise : elle ne comportait que dix-neuf îles tropicales et pays exotiques, certes très toxiques du point de vue des mœurs financières, mais dans lesquels ne se trouvent pas même le dixième des avoirs européens non déclarés. Bien entendu, la Suisse ne figurait pas sur cette liste, alors qu'elle gère bien plus d'un tiers de nos fortunes évadées. »

Cette « mascarade » agace tout autant Beth, la banquière suisse, qui ne peut s'empêcher d'ironiser sur les déclarations viriles que Valérie Pécresse, ministre du Budget, s'est sentie obligée de faire, le 24 novembre 2011, lors d'« une assez pitoyable présentation de son bilan de la lutte contre l'évasion fiscale ». « Voici ce que j'ai entendu alors, insiste Beth : "Certains préfèrent la voie de l'amnistie, ce n'est pas la nôtre. Notre méthode, c'est la peur du gendarme...", a clamé la ministre. Il y a de quoi rire, car le bilan de cette terrifiante méthode, c'est que sur 230 requêtes d'information fiscale adressées à dix-huit États, dont ma très chère Suisse, moins d'un tiers a reçu une réponse. Et quand réponse il y a eu, ce fut, la plupart du temps, pour confirmer des informations déjà tenues par le fisc français... Je sais que sur les 80 requêtes qui ont été envoyées aux autorités suisses, 16 seulement ont reçu une réponse. Là, c'est presque une humiliation ! »

Cette humiliation, Valérie Pécresse l'a certainement vécue le 1er décembre 2011, lorsque le gouvernement auquel elle appartient a déposé devant le Parlement un projet de loi approuvant une convention fiscale entre la France et... le Panama, c'est-à-dire un accord bilatéral qui devait permettre à ce pays de sortir aussitôt de la liste des paradis fiscaux. Pourtant, une semaine plus tôt, la ministre du Budget exposait publiquement ses réserves sur l'efficacité d'une telle convention avec un pays qui présentait des « déficiences » évidentes dans sa législation. D'ailleurs, le 4 novembre précédent, Nicolas Sarkozy avait lui-même déclaré à la tribune du G20 réuni à Cannes que le Panama faisait partie des paradis fiscaux qui devaient être « mis au ban de la communauté internationale ». Mais, entre-temps, le président du Panama, Ricardo Martinelli, avait su convaincre son homologue français des avantages économiques qu'il y avait à se montrer moins regardant, notamment en évoquant d'importants chantiers pour lesquels Bouygues, Alstom, Alcatel et GDF-Suez sont candidats. Finalement, les sénateurs ont sauvé *in extremis* l'honneur de la ministre du Budget, le 15 décembre 2011, en bloquant la ratification de la convention qui avait été autorisée par le vote des députés deux jours plus tôt...

De façon générale, la prétendue volonté du gouvernement Sarkozy-Fillon de lutter contre la fraude et l'évasion fiscales se solde par un fiasco symbolique. En mars 2009, Éric Woerth, alors ministre du Budget, affirmait qu'il allait traquer les fraudeurs, en recevant, à Bercy, quelque 600 des 23 000 contrôleurs du fisc, des douanes et de différents organismes sociaux afin de les mobiliser dans la chasse aux évadés fiscaux. À la fin de l'été 2009, le ministre déclarait même posséder une liste de 3 000 ressortissants français possédant des comptes bancaires non déclarés en Suisse et menaçait de l'exploiter pour forcer les évadés fiscaux à déclarer leurs avoirs au fisc. Heureusement pour les fraudeurs et autres évadés fiscaux, un arrêt de la Cour de cassation du 31 janvier 2012 a réduit à néant cette croisade en jugeant qu'un fichier volé ne peut fonder en droit une autorisation de perquisition fiscale...

Au-delà des éventuelles perquisitions, c'est l'ensemble des contrôles fiscaux qui sont dès lors juridiquement fragilisés. Un avocat interrogé par *Libération* sur les conséquences du jugement de la Cour de cassation expliquait ainsi : « Cet arrêt pourrait également être utilisé devant un tribunal administratif pour faire tomber un contrôle fiscal qui a déjà eu lieu. À partir du moment où un juge a décidé que les fichiers HSBC étaient des preuves illicites pour une perquisition fiscale, rien n'empêche d'autres magistrats de considérer que ces preuves n'ont pas plus de valeur pour un contrôle fiscal ! » Une fois de plus, l'actuelle ministre du Budget, Valérie Pécresse, a dû manger son chapeau. Le 2 février 2012, lors d'une visite médiatisée dans les locaux de la jeune Brigade nationale de répression de la délinquance fiscale (BNRDF), elle grondait : « Nous allons resserrer l'étau sur les gros fraudeurs. » Elle n'avait sans doute pas connaissance de l'arrêt de la Cour de cassation rendu deux jours plus tôt. Ou peut-être faisait-elle semblant de l'ignorer.

Plus troublant encore, le 10 février 2012, le procureur de Nice, Éric de Montgolfier, a révélé qu'à l'époque où le ministre du Budget se lançait dans une communication bruyante sur sa liste HSBC de 3 000 noms lui-même travaillait judiciairement sur la même liste, mais qu'elle comportait en réalité 8 000 identités, dont celle de Patrice de Maistre qui était alors le gestionnaire de la fortune de Liliane Bettencourt et, à ce titre, l'employeur de Florence Woerth, l'épouse du ministre[1]… Le procureur de Nice a aussi dévoilé que le ministère de la Justice lui avait donné l'ordre, toujours à la

---

1. Lire, plus loin, le chapitre sur « L'intouchable Mme Bettencourt ».

même époque, de restituer les données du dossier HSBC aux autorités suisses afin de mettre fin à ses investigations[1].

En mai 2009, l'ancien procureur général de Genève, Bernard Bertossa, célèbre pour sa lutte acharnée contre l'« argent sale » dans les années 1990, déclarait, pour commenter les décisions du G20 qui s'était tenu à Londres le 2 avril précédent : « Les gouvernements anglais et français n'ont jamais levé le petit doigt pour combattre les paradis fiscaux. Et ils viennent maintenant nous faire croire que c'est en luttant contre les paradis fiscaux que l'on va résoudre la crise, c'est une tromperie : on est là dans une stratégie de diversion[2]. » Le 16 septembre 2011, le journaliste d'investigation Denis Robert, qui a révélé en 2001 les malversations financières opérées à l'abri de la chambre de compensation luxembourgeoise Clearstream, ajoutait : « Au-delà des effets d'annonce, les paradis fiscaux ne se sont jamais aussi bien portés[3]. » Le 1er décembre 2011, le rapport annuel sur la perception de la corruption dans le monde publié par l'association Transparency International estimait que les difficultés économiques de la zone euro sont « en partie liées à l'incapacité des pouvoirs publics à lutter contre la corruption et l'évasion fiscale qui comptent parmi les causes principales de la crise ».

---

1. *Mediapart*, 10 février 2012.
2. *Témoignage chrétien*, 14 mai 2009.
3. Site *Les Inrocks*, 16 septembre 2011.

★ ★ ★

Les chapitres qui suivent proposent une exploration totalement inédite des mécanismes concrets de l'évasion fiscale organisée en France à très grande échelle, au vu et au su de nombreux services d'enquête et de contrôle (renseignement, police, douanes, fisc, etc.), mais jusqu'ici en toute impunité judiciaire. Certaines pages pourront paraître parfois un peu techniques, de même que de nombreux documents cités en exclusivité sembleront relativement opaques à celles et ceux qui ne connaissent pas grand-chose à la finance ni aux techniques bancaires. Mais surmonter ces légères difficultés de lecture est sans doute le prix à payer pour s'assurer de l'exactitude et de l'authenticité des informations produites, ce qui, en matière d'investigation journalistique, est une double exigence nécessaire, surtout lorsque le sujet abordé est manifestement si politiquement sensible qu'il produit toutes les tentatives possibles et imaginables d'occultation, voire d'intimidation.

1

L'enquête interdite

« Il y aura aussi les gens des services secrets.
J'en verrai quelques-uns. J'éviterai au moins
un écueil : celui qui consiste à croire que
les services de renseignement sont là pour
me renseigner. »

Dominique Lorentz, *Une guerre*,
Paris, Les Arènes, 1997, p. 30.

*Premier chapitre, où il est raconté comment une
décision du Conseil constitutionnel sème la panique
dans les locaux d'un grand service de renseignement,
la Direction centrale du renseignement intérieur,
dont les fonctionnaires détruisent massivement tout
document sensible pouvant éclairer la justice sur des
affaires d'État. Nous découvrons, à l'occasion, le saint
des saints du Renseignement intérieur français, la
sous-direction « K » de la DCRI, et constatons que ses
principaux chefs ont tous été promus et rapprochés de
l'Élysée... Nous y voyons aussi comment la violation
de droits fondamentaux par le gouvernement révolte
un haut fonctionnaire du renseignement intérieur, ce
qui le conduit à révéler – documents classés « secret*

défense » à l'appui – le double scandale de l'évasion fiscale et de son impunité. Car, si plusieurs officiers de la DCRI ont enquêté sur l'évasion fiscale orchestrée par UBS en France, l'objectif de leurs investigations était, en réalité, de prévenir tout risque de poursuites judiciaires.

Les broyeuses tournent à plein régime… À l'heure où j'écris les premières lignes de ce livre, le vendredi 2 décembre 2011, une furia de destruction de documents et de CD-Rom a saisi les fonctionnaires de la DCRI, depuis une bonne semaine. Quant à leurs ordinateurs, ils tournent alors en permanence en mode « maintenance », ce qui signifie que tous les fichiers sensibles sont effacés des disques durs ou des serveurs courants et transférés vers un serveur invisible. D'ailleurs, par supplément de précaution, ils seront systématiquement remplacés par de nouveaux matériels, dans la deuxième semaine du mois de février 2012, ce qui garantit un nettoyage intégral des mémoires informatiques du service de renseignement.

Mon déjeuner hebdomadaire avec un ex-commissaire divisionnaire de l'intimidante maison, pur produit de l'ex-Direction de la surveillance du territoire (DST), aujourd'hui en poste au plus haut niveau de l'État, se déroule, ce jour-là, dans un endroit surréaliste : broyeuses déchaînées, ordinateurs surchauffés, agents secrets hagards, hantés par le cauchemar de la perquisition, etc. ; je vois, comme si j'y étais, le vent de panique qui souffle dans les bureaux et les couloirs des quatrième et cinquième étages du 84, rue de Villiers, à Levallois-Perret (Hauts-de-Seine), adresse du siège de la DCRI. Issue de la fusion, au 1er juillet 2008, de la Direction de la surveillance du territoire (DST) et de la Direction centrale des renseignements généraux (DCRG), la DCRI est proclamée « FBI à la française » par le ministère de l'Intérieur. Elle est dirigée par Bernard Squarcini, dit « le Squale », depuis sa création, et emploie quelque 3 000 fonctionnaires, dont plus de 160 commissaires de police, presque tous habilités « secret défense ».

Mon interlocuteur – appelons-le Aleph – est manifestement mandaté par certains de ses pairs, depuis plusieurs mois, pour me raconter – souvent par le menu – les dérives antirépublicaines d'un service de renseignement parmi les plus puissants. En ce début décembre 2011, dans le bunker de la DCRI, à Levallois-Perret, me raconte-il, un nouveau seuil d'entrave à la justice est franchi. La destruction de preuves a été ordonnée par le « patron » et elle est exécutée « sans états d'âme » (ainsi sont notés les commissaires du service de renseignement les plus appréciés par leur haute hiérarchie), car il y a désormais le feu au lac. Le 10 novembre 2011, une décision du Conseil constitutionnel[1] a fixé au 1er décembre

1. Décision n° 2011-192 QPC du 10 novembre 2011. Le Conseil constitutionnel avait été saisi le 6 septembre précédent par la Cour de cassation au nom des familles des victimes de l'attentat de Karachi.

suivant l'application d'une limitation importante du « secret défense », lequel couvrait extraordinairement, depuis une loi du 29 juillet 2009, les locaux de la présidence de la République, de grands ministères (Défense, Affaires étrangères, Intérieur) et… des services secrets. Estimant que cette loi du gouvernement Fillon avait pour effet de « soustraire une zone géographique définie aux pouvoirs d'investigation de l'autorité judiciaire » et qu'il « subordonnait l'exercice de ces pouvoirs d'investigation à une décision administrative », ce qui est contraire au principe constitutionnel de séparation de pouvoirs, les « neuf Sages » ont ainsi ouvert les portes, entre autres, de la DCRI aux juges d'instruction Roger Le Loire et Renaud Van Ruymbeke qui sont saisis du volet financier de l'attentat de Karachi[1].

***

Les portes de la rue de Villiers sont désormais ouvertes, peut-être, mais les coffres sont vides… Et ce ne sont pas seulement les fameuses « notes blanches » des ex-RG ou de l'ex-DST, officielle-

---

1. Le 8 mai 2002, un attentat-suicide tue 14 personnes, dont 11 employés français de la Direction des constructions navales (DCN), à Karachi. Jusqu'en juin 2009, l'attentat fut attribué à Al-Qaïda, notamment par l'ex-juge Bruguière chargé de l'enquête de 2002 à 2007. Depuis, les juges du pôle antiterroriste du tribunal de grande instance de Paris, Marc Trévidic et Yves Jannier, privilégient l'hypothèse de représailles à l'encontre de la France, pour des motifs financiers ou stratégiques encore obscurs.

ment prohibées depuis 2002, ou autres « enquêtes de personnalité » portant sur des personnalités politiques, et encore les rapports classés « confidentiel défense », « secret défense », « très secret défense » portant sur Karachi, Ziad Takieddine ou le groupe Thales qui sont réduits à l'état de confettis ; des documents moins spectaculaires, à première vue, mais bien plus sensibles souvent, connaissent aussi le baiser d'acier des broyeuses.

Des documents sur lesquels veille jalousement la sous-direction K[1] de la DCRI, un département entièrement consacré à la protection du « patrimoine », c'est-à-dire à la sécurité de l'économie française, de nos groupes industriels stratégiques, à l'intelligence économique, aux relations – pas toujours très nettes – avec les officines privées de protection des entreprises… « C'est le secteur le plus sensible », commente Aleph, qui m'en donne progressivement un organigramme détaillé, en s'appuyant sur le tableau administratif classé « secret défense » de la sous-direction de la protection du patrimoine économique.

Au sein de la sous-direction K de la DCRI, K1 (près de 35 fonctionnaires) est chargée de l'intelligence économique au service des groupes et grandes entreprises, K2 (environ 25 agents) gère les habilitations extérieures pour les personnels de secteurs sensibles, K3 (environ 25 agents aussi) est mobilisée sur l'international (lutte contre la prolifération des armes

---

1. « "K" comme *Das Kapital*, le maître-livre de Marx, plaisantent entre eux les officiers de la DCRI », me raconte Aleph.

nucléaires et de destruction massive), K4 supervise les sociétés privées de renseignement et de sécurité, le mercenariat, mais aussi les fonds d'investissement… C'est aussi le « service action » de l'ensemble. Quant à la K5, elle est en charge des sections bancaires et fiscales… La sous-direction K est aujourd'hui dirigée par M. P., un ancien de la Direction générale de la sécurité extérieure (DGSE), et son adjointe, A. M.

Or c'est bien au sein de cette sous-direction K de la DCRI qu'ont agi quelques acteurs majeurs de l'étouffement du scandale de l'évasion fiscale organisée par UBS France.

En 2009, la sous-direction K est dirigée par Gilles Gray – Gilles Gaudiche, de son vrai nom. Ce contrôleur général de la police s'est rapproché de l'Élysée, en janvier 2010, date à laquelle il est nommé adjoint d'Olivier Buquen, délégué interministériel à l'intelligence économique (DIIE), un proche de Brice Hortefeux. Le DIIE est placé auprès du ministère de l'Économie, mais il est rattaché en réalité à l'Élysée[1], où Claude Guéant[2] et

---

1. Le 17 septembre 2009, le décret n° 2009-1122 institue un délégué interministériel à l'intelligence économique auprès du secrétaire général du ministère de l'Économie, Dominique Lamiot. Ses orientations de travail sont supervisées par le Comité directeur de l'intelligence économique (CDIE), lequel est rattaché à la présidence de la République. Le CDIE est présidé par Claude Guéant.
2. Le 16 mai 2007, Nicolas Sarkozy l'a nommé secrétaire général de la présidence de la République. Son pouvoir exorbitant lui vaut les surnoms de « cardinal », « Premier ministre bis » ou « vice-président ». Il est ministre de l'Intérieur, de l'Outre-Mer, des Collectivités territoriales et de l'Immigration depuis le 27 février 2011.

même Nicolas Sarkozy se montrent très intéressés par ses travaux… Réputé pour sa froide efficacité, Gilles Gray y est désormais le chef du pôle sécurité économique et intelligence économique territoriale.

À l'époque qui nous intéresse, en novembre 2009, ce « grand flic » est pourvu, à la DCRI, d'un très fidèle adjoint, le commissaire divisionnaire Éric Bellemin-Comte. Fidèle au point de servir d'éventuel fusible, selon Aleph, pour protéger son chef au cas où il serait bêtement découvert qu'une affaire traitée par la sous-direction K l'aurait été de façon peu réglementaire, voire illégale… Mais, pour l'instant, le rigoureux et très sportif policier a été embauché à la présidence de la République, où il travaille dans l'équipe constituée par Joël Bouchité, qui fut le dernier directeur des Renseignements généraux, de fin 2005 à début 2008, et qui est alors conseiller pour la sécurité intérieure, en compagnie d'Ange Mancini, le coordonnateur national du renseignement (CNR), lui-même connu pour appartenir aussi à la « maison Guéant ». Gilles Gray et Éric Bellemin-Comte ont grimpé sur le sentier escarpé de « la K », le cœur de la DCRI, et atteint les sommets de l'Élysée.

* * *

Quoi qu'il en soit, du point de vue de la performance en matière de service de l'État, ma première source, Aleph, estime aujourd'hui que Bernard Squarcini, Gilles Gray et son équipe de la sous-direction K de la DCRI ont fait preuve d'« incurie », voire de « contre-performance volontaire ». De rencontres furtives, pour réception de documents, en longues conversations de fin de semaine, je sens croître chez ce haut fonctionnaire très fermé une sourde colère, presque une révolte, contre ce qu'il considère être une « dérive totalitaire » de la police, une injure aux bandes latérales bleu blanc rouge de sa carte professionnelle.

Il a vécu, au tournant de l'été 2011, une pénible crise de conscience, générée par l'arrêt de la cour d'appel de Bordeaux, en date du 5 mai, qui condamnaient très sévèrement les « investigations sur les téléphones des trois journalistes » (du quotidien *Le Monde*) effectuées « en violation manifeste tant de l'article 10 de la Convention européenne des droits de l'homme que de l'article 2 de la loi du 29 juillet 1881 »… Dès lors, il n'a pu se défaire du « sentiment écœurant de travailler dans un milieu gangrené par la barbouzerie ».

Souhaitant ne pas se mêler, à son tour, au « jeu médiatique d'affaires très politiciennes » (il fait allusion à Karachi, à l'affaire Bettencourt et aux « fadettes »[1] et autres écoutes illicites), Aleph entend, en revanche, éclairer ses concitoyens sur « un scandale bien plus massif et continu » : l'évasion fiscale « industrielle » qui « plombe les finances publiques, assèche l'investissement dans nos entreprises, boucle le cercle vicieux de la dette publique,

1. Fadettes : les factures détaillées des appels téléphoniques transmises par les opérateurs de téléphonie mobile.

de la récession, du chômage, de la guerre civile larvée qui s'exprime par les hausses immaîtrisables de la délinquance et de la criminalité… ». Un scandale qui le révolte d'autant plus qu'il est « couvert par certains services de renseignement et d'enquête judiciaire, sans doute aussi par le parquet, sur ordre évident de l'exécutif », pour des motifs qu'il se dit désormais prêt à dévoiler.

Un jour de septembre 2011, Aleph a franchi le pas. Il est venu à notre rendez-vous avec une chemise cartonnée. Nous nous sommes installés, face à face, dans une crêperie où il est aisé de converser confidentiellement. À peine servis, il m'a demandé de prendre moi-même la pochette, d'en extraire un document, de le lire intégralement, puis de le copier mot à mot dans mon carnet de notes. Aleph a eu le temps de terminer son repas en silence, tandis que je prenais celui de saisir le sens de ce que je lisais et de recopier très lentement le feuillet.

Voici la description et la transcription de cette « note » à en-tête du ministère de l'Intérieur, de l'Outre-Mer et des Collectivités territoriales, datée du 24 novembre 2009. En haut de page, à gauche, son origine est indiquée : « Direction Générale de la Police Nationale », et juste au-dessous : « Direction Centrale du Renseignement Intérieur ». Juste en dessous, encore, figure la référence du document : « PN / RI / K / W309 /… ». Son titre : « Note pour Monsieur l'Adjoint au Sous-Directeur K [Éric Bellemin-Comte, à l'époque]. Objet : Votre demande du 24 novembre 2009. »

Le texte, où il est question de faire suite à une « entrevue » du matin même de la rédaction de la note, entre son destinataire et son rédacteur, est d'une rare densité : « [...] j'entretiens des relations personnelles amicales avec un ancien cadre de la banque UBS Paris, il s'agit de Monsieur Nicolas F. Avant d'être licencié, cette relation amicale m'a fait part qu'il avait découvert que son employeur avait mis en place un système occulte de fraude ou d'évasion fiscale pour ses clients français fortunés. Il a abordé des aspects de ces mécanismes de fraude en indiquant que ce stratagème transfrontalier entre la France, la Suisse et le Luxembourg était répertorié sur un listing informatique et manuel dit "carnet du lait". J'avais eu l'occasion de m'entretenir avec vous sur ce "carnet du lait" et la fraude commise par l'UBS, à l'époque vous m'aviez indiqué que vous aviez connaissance de ce mécanisme. »

Signature : « Le Capitaine de Police / H. P. »

★★★

Lorsque j'eus terminé de recopier ce rapport, Aleph m'invita à noter scrupuleusement ses commentaires. J'ai eu l'impression, alors, qu'il avait appris par cœur tout ce qu'il me confia. Son allure sportive était plus affûtée que jamais. Je transcris donc très fidèlement les notes prises ce jour-là.

Selon Aleph, le capitaine H. P. est un « fonctionnaire légaliste, à la limite de la rigidité mentale », dont la carrière au sein de la Brigade financière puis aux Renseignements généraux a révélé des compétences techniques indéniables, mais aussi un goût risqué pour la liberté d'action. Dans le contexte hyper-sécurisé de la DCRI et au contact de nouveaux collègues issus de la DST, dont il ne partageait manifestement pas l'esprit « martial », ce fonctionnaire a développé l'habitude d'ouvrir solitairement des enquêtes dans des domaines où il n'était pas mobilisé par sa hiérarchie, c'est-à-dire par Gilles Gray ou par Éric Bellemin-Comte auquel il était directement attaché.

« Nous avons vite compris qu'il y avait un défaut de confiance entre lui et nous… », m'explique Aleph. Les patrons de la sous-direction K de la DCRI ont relevé ainsi qu'Hervé P. consulta à plusieurs reprises, en 2009, le fichier « Cristina[1] » pour des recherches ciblées sur des « individus » de la banque UBS. Les écoutes opérées, à cette époque, sur les communications téléphoniques de Nicolas F., alors directeur de l'audit interne d'UBS France, révélèrent des discussions approfondies entre l'officier de renseignement et ce cadre supérieur. « Enfin, nous avons eu la conviction que notre agent avait compris que nos services travaillaient déjà sur le dossier d'évasion fiscale chez UBS et même que

---

1. Fichier « Centralisation du renseignement intérieur pour la sécurité du territoire et des intérêts nationaux », classé « secret défense », qui rassemble les données personnelles sur les personnes fichées, mais aussi sur leurs proches et leurs relations. Cristina n'est pas soumis au contrôle de la Commission nationale de l'informatique et des libertés (CNIL).

Gilles Gray s'y intéressait de près », précise Aleph, avant d'ajouter : « Notez comment la toute dernière phrase de la note du capitaine P. mouille explicitement Bellemin-Comte… Je peux vous dire que cette note est remontée très haut [ce disant, Aleph lève une main bien au-dessus de sa tête en regardant le plafond] et qu'elle n'a pas fini d'inquiéter les sommets de l'État, malgré que l'ordre ait été donné de la broyer. »

Oui, bien sûr. Mais où était le problème ? « Le problème, s'emporte Aleph, c'est que la sous-direction K était et est toujours dotée d'une section de spécialistes des questions bancaires et fiscales, "la K5", pilotée par la commissaire S. Ch.[1] – laquelle connaît bien les tenants et aboutissants de l'affaire UBS –, et qu'un autre commissaire de la DCRI, D. T., ancien de TRACFIN, était lui aussi en relation avec Nicolas F. dans le cadre d'une mission contrôlée de renseignement[2]. Cela faisait beaucoup de monde sur le coup, avec un officier qui agissait en électron libre… » Un officier auquel son patron, Éric Bellemin-Comte, est obligé d'interdire formel-

1. Cette policière intègre a connu une mutation de précaution, de Lille à Limoges, au début de la décennie, alors qu'elle enquêtait sur le corrupteur Roger Dupré, puis elle eut à connaître le dossier Clearstream. Aleph décrit cette commissaire de police comme étant désormais « cassée, complexée, éteinte »…

2. D. T., nommé directeur adjoint de la direction départementale du renseignement intérieur des Alpes-Maritimes (siège au 1, avenue du Maréchal-Foch, à Nice), puis passé à Marseille, est resté en relation avec Nicolas F. jusqu'à début avril 2011.

lement, dès la fin 2009, tous nouveaux échanges avec l'auditeur interne d'UBS France.

Devant ma difficulté à comprendre exactement pourquoi le travail important du Renseignement intérieur est alors si drastiquement contrôlé, pour ne pas dire verrouillé, Aleph décide de mettre les points sur les « i » : « Je vais vous expliquer la mission réelle de la sous-direction K et de K5 en matière d'évasion fiscale : protéger le premier cercle des fraudeurs, quand ceux-ci soutiennent, par cotisation en espèces ou par influence, le parti de ceux qui sont au pouvoir. Connaître, le plus en amont possible, les délits des riches et des puissants – cela va souvent ensemble – permet des négociations sérieuses et précises sur les contreparties attendues en échange d'une solide et confidentielle immunité fiscale. »

Il précise : « Par définition, TRACFIN connaît tous les mouvements financiers suspects réalisés en France, même les moins importants. Or K5 est en correspondance étroite avec ce service. Résultat de toute cette accumulation de renseignements de la meilleure qualité : les constats de nombreuses fraudes fiscales sont mis au coffre pendant trois ans, le temps de la prescription de ces délits[1], au lieu

---

1. Le 2 décembre 2011, l'Assemblée nationale a voté la prolongation de trois à dix ans du délai de prescription sur les avoirs financiers non déclarés détenus à l'étranger, dans tous les pays, qu'ils soient classés « paradis fiscaux » ou non. Un délai qui reste toujours plus court que ceux pratiqués aux États-Unis (vingt ans) et au Royaume-Uni (trente ans).

d'être transmis au fisc ou au parquet pour nourrir des procédures judiciaires qui seraient légitimes. De ce point de vue, l'affaire Bettencourt est exemplaire. »

En effet, la compétence de TRACFIN en matière de renseignement sur les circuits financiers clandestins et les opérations qui pourraient être destinées au financement du terrorisme et au blanchiment de fonds illicites est saluée par tous les professionnels. Ce service d'enquête administrative dépend du ministère de l'Économie et des Finances et fonctionne principalement à partir des déclarations de soupçon des organismes financiers assujettis à l'obligation de déclaration de soupçon. Il ne faillit jamais dans la transmission des renseignements financiers qu'il recueille aux autorités judiciaires, services de police judiciaire, administration des douanes et des impôts, services de renseignement spécialisés. Mais, après, l'ouverture d'une procédure judiciaire n'est pas de son ressort. Et parfois, elle n'a étrangement jamais lieu…

★ ★ ★

Aleph et ses collègues de la DCRI ne furent pas les seuls à s'intéresser de très près à UBS. Et ce depuis la fin de l'année 2003, au moins. Je peux révéler que presque toute la communauté du Renseignement français s'est penchée attentivement sur le dossier, qu'elle en connaît presque tous les détails, mais que cette louable démarche d'information n'a débouché, jusqu'à maintenant, sur aucune « instruction » judiciaire proprement dite.

Le 12 décembre 2003, à dix heures du matin, le président d'UBS France, Jean-Louis de Montesquiou, et Nicolas F., l'auditeur interne de la banque du 69, boulevard Haussmann (Paris VIII°), ont été convoqués dans les locaux de TRACFIN, au 8, rue de la Tour-des-Dames (Paris IX°). Face à eux, B. B., directeur des enquêtes, L. M., chef de la division d'enquêtes 2, D. T., passé ensuite à la DCRI et qui sera remplacé par Ch. S., se montrent d'emblée très inquiets quant au « défaut de vigilance et de déclaration de clients sensibles » dont ils soupçonnent déjà l'établissement. Ils donnent un délai de trois mois à leurs interlocuteurs pour rectifier la situation.

Dès le premier trimestre 2004, l'audit interne d'UBS France, entièrement soutenu par le président de la banque à cette époque, Jean-Louis de Montesquiou, démasque plusieurs collaborateurs de haut rang qui ont ouvert, gèrent et protègent des comptes suspects au regard de la lutte contre le blanchiment, voire contre le crime organisé ou le terrorisme. Sont, dès lors, dans sa ligne de mire des « clients » russes, d'Afrique de l'Ouest et du Moyen-Orient, mais aussi leurs « chargés d'affaires » au sein d'UBS. Cette première investigation fera l'objet de nombreux échanges avec TRACFIN et de « mémorandums » confidentiels sur des « affaires spéciales » qui seront l'objet du chapitre suivant de ce livre.

Selon les acteurs de l'époque, l'« entrisme » de l'argent noir dans les circuits financiers d'UBS France présentait des « risques de sécurité » nationale très importants. C'est sans doute ce qui a motivé la prise en main du chef de l'audit interne de cette banque, Nicolas F., par un officier supérieur du renseignement militaire, J.-Y. B., mais aussi par un officier du renseignement de la Marine nationale et par le capitaine de police H. P., ex-enquêteur de la Brigade financière, alors aux Renseignements généraux, ainsi que d'un chef d'escadron de la gendarmerie nationale, C. G., membre de l'Institut d'études et de recherches pour la sécurité des entreprises (ministère de la Défense).

Tout ce joli monde de l'ombre (excepté le gendarme C. G.) eut le plaisir de partager très ouvertement de nombreuses et graves informations sur UBS, lors d'un déjeuner mémorable, rue Saint-Dominique (Paris VIIe), en mars 2004. Mais, de cette union conviviale des services de renseignement civil et militaire français sur le dos des turpitudes financières de la grande banque suisse, aucune enquête plus approfondie ni aucune procédure judiciaire ne sont nées. Au jour de mi-décembre 2011 où j'écris ces lignes, le siège d'UBS France à Paris n'a jamais été perquisitionné et les très nombreux cadres qui y gèrent en toute bonne conscience des affaires délictueuses n'ont jamais été entendus par des policiers, encore moins par un juge.

Pourtant, dès 2004, l'audit interne d'UBS France acquiert la conviction, et les preuves, que les opérations de blanchiment d'argent illicite qu'il traque se doublent d'une évasion fiscale massive. Dès 2004, le chef de cette équipe d'enquête interne partage loyalement sa conviction et les preuves qu'il détient avec ses correspondants des « services ».

★ ★ ★

Le manque d'empressement de l'État à tirer toutes les conséquences des informations accumulées est d'autant plus intrigant que le dossier documentaire possédé par ses différents agents est d'une qualité exceptionnelle. Il se double de plusieurs témoignages sans ambiguïté, donnés par des cadres d'UBS, que rien de sérieux n'a démentis.

Comment ne pas s'interroger sur le relatif immobilisme de l'Autorité de contrôle prudentiel (ACP) de la Banque de France[1], qui a pourtant reçu, dès le mois de mai 2009, puis à nouveau le 23 décembre 2010, et encore le 28 octobre 2011, une masse considérable d'informations et même deux notes de synthèse anonymes particulièrement précises sur l'« évasion fiscale au sein d'UBS France », œuvres d'un collectif de cadres d'UBS France.

Cette note – que je possède – a été adressée deux fois à Florence Mercier-Baudrier, chef de mission

---

1. Officiellement, issue principalement de la fusion de la Commission bancaire et de l'Autorité de contrôle des assurances et des mutuelles (ACAM), l'ACP, autorité administrative indépendante adossée à la Banque de France, est chargée de l'agrément et de la surveillance des établissements bancaires et d'assurance.

au Contrôle sur place des établissements de crédit et entreprises d'investissement, mais aussi à Pierre C., Olivier G., Aurélia H., Jean-Luc M. et Cécile P. qui sont membres de la même équipe de contrôle des banques. Ses presque six feuillets de texte très serré entrent dans le détail des pratiques de l'évasion fiscale organisée et gérée par une part importante de la direction d'UBS France, dont l'actuel président du directoire, Thierry de Chambure, et l'actuel directeur général, Patrick de Fayet. Mes échanges avec l'ACP n'ont pas permis de recueillir les explications de Florence Mercier-Baudrier, mais ont confirmé que j'étais « très bien informé », selon les propres termes de ma correspondante[1].

Les accusations de ce document sont explosives. Il est possible d'y lire, entre autres, que :

• « La Banque UBS France a procédé, de 2002 à 2007 minimum, à la mise en place d'un système d'évasion fiscale principalement de la France vers la Suisse reposant sur un processus de double comptabilité... »

• « [...] un client Français passant de l'argent :

– de France en Suisse ou au Luxembourg – agence de Paris et de Strasbourg, Bruxelles – Agence de Lille, Genève – Agences de Paris, de Strasbourg, de Cannes, de Marseille, de Lyon, de Bordeaux, de Nantes,

– transférant ses avoirs d'un compte déjà non déclaré à l'étranger vers UBS en zone Offshore,

---

1. Appels des 13, 16 et surtout 17 février 2012.

– ou étant contacté ou mis en contact avec un chargé d'affaires suisse afin d'évader son argent (Acte de démarchage des chargés d'affaires suisses), ont été des opérations courantes en France, réalisées avec la parfaite collaboration et connaissance de la Banque UBS France et de l'ensemble de son Management. »

À partir de la mi-décembre 2010, une mission d'inspection de l'ACP, dirigée par Florence Mercier-Baudrier et composée des cinq inspecteurs destinataires de la note citée ci-dessus, effectue un audit de contrôle dans les murs d'UBS France. Le 18 octobre 2011, le président du directoire d'UBS France, Alain Robert, concédait, lors d'une réunion interne, que « l'ACP a constaté des lacunes dans plus de 200 dossiers spécifiques en termes de conservation des informations sur les clients », mais jugeait que « les reproches [de l'Autorité de contrôle] se sont révélés trop sévères ». Pourtant, les inspecteurs n'ont certainement pas eu accès aux pièces à conviction les plus significatives, un cadre de la banque m'ayant affirmé que la base de données CRM (Customer Relationship Management / Gestion de la relation client) d'UBS France avait été « nettoyée » entre 2007 et 2008, après que l'audit interne avait commencé de dénoncer une organisation généralisée de l'évasion fiscale. Un autre m'a même montré de nombreux fichiers informatiques modifiés. Seule une perquisition en bonne et due forme et une expertise poussée des serveurs et ordinateurs de la banque pourraient exhumer, aujourd'hui, les traces les plus flagrantes des délits.

Début mars 2011, une note de l'ACP transmise au parquet de Paris a suscité l'ouverture d'une « enquête préliminaire », laquelle a été confiée au Service national de douane judiciaire (SNDJ). Dès le 25 mai 2011, Lara G.-D., Jérôme L. et d'autres douaniers commençaient leurs investigations en profondeur par l'audition, en tant que témoin, de Nicolas F., le chef de l'audit interne d'UBS France, au siège de leur service, au 29, rue Victor-Basch, à Vincennes (Val-de-Marne). Cette première séance a duré quelque quinze heures sans presque aucune interruption !

L'enquête des douaniers s'est aussi nourrie, dès le 1er juin 2011, de six DVD chargés de documents, tableaux, plannings, photos…, et de nombreux renseignements, dont une liste manuscrite d'environ 120 noms de chargés d'affaires suisses d'UBS opérant clandestinement en France, transmise par un cadre supérieur de la banque toujours en fonction… Lors de deux échanges avec Lara G.-D., celle-ci ne m'a pas confirmé ni démenti l'ampleur de son enquête, car elle s'est dite « astreinte au secret de l'enquête », mais nous avons compris l'un et l'autre que nous partagions de nombreuses sources[1]. Déjà considérable en décembre 2011, l'investigation du SNDJ n'a toujours pas conduit le parquet, en la personne du vice-procureur au parquet de Paris,

1. Entretiens enregistrés des 13 et 16 février 2012.

Philippe Bourion[1], à transformer l'enquête préliminaire en véritable instruction judiciaire.

Pourtant, entre ces deux procédures, la différence est de taille ! Une information judiciaire est confiée par le procureur de la République (ministère public, dit « parquet ») à un juge d'instruction (statutairement indépendant), lequel dirige l'enquête des services de police ou de gendarmerie, entend les témoins et les personnes impliquées, met éventuellement celles-ci en examen et les renvoie parfois au tribunal. L'instruction judiciaire permet au même juge de réunir tous les éléments nécessaires à la « manifestation de la vérité », afin que le tribunal puisse ensuite juger en bonne connaissance de cause. En revanche, la simple enquête préliminaire, autrefois appelée « enquête officieuse », reste sous la seule responsabilité du procureur, lequel est soumis, *in fine*, à l'autorité du garde des Sceaux (ministre de la Justice).

Chacun sait combien cette dépendance du parquet vis-à-vis de l'exécutif entrave la justice. Les arrêts pris par la Cour européenne des droits de l'homme (CEDH), en 2008 et 2010, ont d'ailleurs considéré que, du « fait de leur statut, les membres du ministère public en France ne remplissent pas

---

1. Philippe Bourion fut un des accusateurs, en juin 2010, de Jérôme Kerviel, le trader de la Société générale accusé de fraude. Passé par Lyon, Marseille et Ajaccio, puis vice-procureur de la République près le tribunal de grande instance de Paris, il a été promu, le 24 août 2011, premier vice-procureur au tribunal de grande instance de Nanterre (Hauts-de-Seine).

l'exigence d'indépendance à l'égard de l'exécutif, qui, selon une jurisprudence constante, compte, au même titre que l'impartialité, parmi les garanties inhérentes à la nature autonome des magistrats ». L'ex-procureur général près la Cour de cassation, Jean-Louis Nadal, a aussi déclaré, en janvier et en avril 2011, que « le parquet français doit être revisité » et qu'il faudrait « couper tout lien entre l'échelon politique et le parquet pour, en ce qui concerne les nominations, enlever le venin de la suspicion ». À titre d'exemple, une enquête préliminaire ouverte en septembre 2007 par le parquet de Nanterre (Hauts-de-Seine) sur les conditions d'achat par Nicolas Sarkozy d'un appartement à Neuilly-sur-Seine, en 1997, à un promoteur avec lequel il traitait en tant que maire de la ville, a été classée sans suite, le 12 octobre suivant, par le procureur de Nanterre, Philippe Courroye.

L'enquête préliminaire conduite sur l'évasion fiscale massivement perpétrée par UBS en France sera-t-elle aussi classée sans suite, le premier vice-procureur Philippe Bourion faisant preuve, en la circonstance, d'autant de prudence que le procureur Philippe Courroye, son supérieur hiérarchique direct au parquet du tribunal de grande instance de Nanterre, depuis août 2011 ? Car, en août 2010, Jean-Bernard Schmid, procureur à Genève, a exécuté une commission rogatoire internationale demandée en août 2010 par le procureur Philippe Courroye et l'essentiel du dossier a bien été retourné au parquet de Nanterre en octobre suivant, selon le magistrat suisse. Or Philippe Courroye ne s'est visiblement pas intéressé aux avoirs considérables que Liliane Bettencourt avait dissimulés au fisc français.

Les investigations genevoises avaient pourtant montré que l'héritière de L'Oréal possédait quelque 100 millions d'euros, fin 2010 encore, dissimulés sur les comptes de cinq banques suisses et d'une du Liechtenstein. « Bien évidemment, on constate des sorties fréquentes d'argent sur l'un ou l'autre compte. Mais le plus difficile, ensuite, c'est de démontrer à qui a été remis cet argent liquide », s'interrogeait-on au palais de Justice de Genève, en février 2012[1].

---

1. *Le Point*, 15 février 2012.

2

« Chemisiers blancs »
et « vodka king »

> « L'admirable institution helvétique qui autorise toutes ces opérations fructueuses – transferts illégaux, fraude fiscale, financement compliqué de complexes trafics d'armes, de drogue, spéculation sur les denrées alimentaires, manipulations monétaires internationales, recel et j'en passe – s'appelle le *secret bancaire*. »
>
> Jean Ziegler,
> *Une Suisse au-dessus de tout soupçon*,
> Seuil, 1976, p. 63.

Deuxième chapitre, où une dirigeante d'UBS nous donne des centaines de documents confidentiels, dont un « dresscode » à l'attention des salariés de la banque suisse, mais aussi un véritable « manuel » de « sauvegarde du secret bancaire suisse à l'étranger », datant de décembre 1998. Dans le lot, une enquête suisse montre comment UBS a tenté de gérer, très tôt et en parfaite connaissance de cause, les risques judiciaires concernant l'évasion fiscale, mais aussi combien la

pression des marchés lui a fait perdre, en France, toute
prudence vis-à-vis de clients manifestement dangereux,
en matière de blanchiment d'argent et de fraude fiscale.

C'est à Genève et à Lausanne que j'ai rencontré
un des dirigeants du groupe UBS, durant l'automne
2011, puis une dernière fois à Zurich, au mois de
décembre suivant, juste avant Noël. Cette grande
dame de la gestion de fortune n'a cessé de me
procurer, au fil de nos rendez-vous, des sacoches
entières de documents internes de sa banque et m'a
aidé à les décrypter. « Elle est la clef d'or d'Alice,
qui vous conduira au Pays des merveilles », m'avait
soufflé, railleur, Aleph. Il m'avait mis très tôt en
contact avec cette source essentielle, une « honorable
correspondante » de son service, placée au cœur du
système bancaire suisse. Nous l'appellerons Beth.

Depuis 1999, Beth a suivi de très près l'ouverture
et le développement d'UBS France, à Paris, une
filiale stratégique du groupe suisse. Sans que leurs
auteurs le sachent, tous les mémorandums, rapports
et autres comptes rendus du service d'audit interne
de la filiale française lui ont toujours été communi-
qués, ainsi que les éléments de preuves attachés à
ces multiples synthèses décrivant, sans concession,
des risques et des dérives dénoncées, finalement, en
juin 2009, comme étant d'une « gravité absolue ».

La formule choc n'est pas coutumière, dans les
bureaux feutrés de la première des banques suisses,
laquelle veille scrupuleusement sur son « image de

marque », jusqu'à contrôler le « dresscode » de ses salariés, afin qu'« une apparence impeccable [puisse] procurer une paix intérieure et un sentiment de sécurité ». Beth aime bien citer des extraits particulièrement inspirés de ce manuel de quarante pages de bonnes conduites vestimentaire et hygiénique destinés aux collaborateurs PKB d'UBS, c'est-à-dire aux femmes et hommes qui sont quotidiennement au contact de la clientèle privée. Ainsi, les messieurs sont plus qu'encouragés à n'utiliser que des « chaussures noires à lacets avec semelle en cuir, [lesquelles] doivent être portées avec le costume anthracite, noir ou bleu foncé de rigueur ». Ils comprennent, bien entendu, que « les bottes western et bottines ne sont pas autorisées » et qu'ils doivent choisir leurs « sous-vêtements de façon à ce qu'ils soient fonctionnels, ne se voient pas par-dessus [leurs] vêtements, ni ne se devinent par-dessous »… Quant aux dames, sans plus de respect de leur intimité, il leur est demandé de « porte[r] des sous-vêtements de couleur chair en dessous des chemisiers blancs »…

La dirigeante de la banque suisse en rupture de ban ne cite pas ces extraits de ce « dresscode » par simple espièglerie. Au-delà du ridicule, Beth y trouve « le fond de la culture UBS, dans sa forme la plus pure, c'est-à-dire une volonté de contrôle moral absolu totalement contradictoire avec la réalité des pratiques ». De ce point de vue, un paragraphe crucial de l'introduction du document la fait bondir à chaque relecture : « Le respect du dresscode […] contribue à communiquer nos valeurs et notre culture. Nous transmettons par ce biais ce que nous entendons concrètement par les notions de vérité, de clarté et de performance : une gestion respectueuse, responsable et intègre, une attitude consciencieuse, fiable et constante, ainsi que le respect des normes professionnelles les plus exigeantes. »

★★★

Ces derniers mots sonnent comme une provocation. « Vous savez, me confie Beth à notre dernière rencontre, j'ai ici, à Zurich, un autre genre de "code" d'UBS, bien plus significatif quant au soi-disant "respect des normes professionnelles les plus exigeantes", un "Manuel Private Banking" [PB – Manual] que l'audit interne de la filiale française n'a sans doute jamais vu. » Il s'agit d'un document qui date de quelques semaines avant l'ouverture de la filiale française et de ses activités de banque privée, en 1999.

Si son premier chapitre est consacré, rapidement, au « Code de déontologie » du métier de banquier, le troisième détaille les procédures de « conduite de relations d'affaires ». Or, déontologie oblige, sans doute, le premier « principe » guidant cette « conduite » est, très ouvertement, la « sauvegarde du secret bancaire »[1]. Dès lors, les gardiens du

---

1. En Suisse, le secret bancaire est garanti depuis 1934 par l'article 47 de la Loi fédérale sur les banques et les caisses d'épargne. Ses infractions relèvent du droit pénal et sont punies de peines allant jusqu'à trois ans de prison et d'amendes pouvant atteindre 250 000 francs suisses (soit 205 125 euros, le 5 janvier 2011).

temple UBS ne plaisantent plus, car, selon eux, « toute violation du secret bancaire peut avoir des conséquences graves, tant pour le client dans son propre pays que pour la banque et même pour la place financière suisse ». En quelques mots, tout l'enjeu du secret bancaire, garanti depuis 1934 par l'article 47 de la Loi fédérale sur les banques et les caisses d'épargne, est exposé.

En conséquence de quoi, « la sauvegarde du secret bancaire s'applique à tous les clients de succursales suisses, qu'ils soient domiciliés en Suisse ou à l'étranger ». Et pour ce faire, la sécurisation des relations des « responsables Private Banking » avec ces clients ne doivent avoir lieu que dans des « zones confidentielles », quitte à créer, dans les locaux des banques régionales d'UBS, « un "bunker" avec guichet », c'est-à-dire une salle où les chargés d'affaires peuvent recevoir les candidats à l'ouverture de comptes offshore en étant certains qu'elle est imperméable aux écoutes, dépourvue de vidéosurveillance et dont l'accès discret est situé à l'abri des regards du restant de la clientèle et même de la plupart des salariés des établissements en question.

De même, la gestion des « fichiers, registres, etc. » doit se faire avec « la plus grande prudence », ce qui suppose, par exemple, « d'enregistrer alphabétiquement et/ou numériquement l'ensemble de la clientèle, de préférence à une classification spécifique par pays, domicile, langue, etc. », mais encore de prévoir que « les informations non indispensables ou dépassées en [fichiers...] seront éliminées ». Pour mémoire, les comptes anonymes n'existent plus légalement en Suisse depuis 1991, mais des milliers d'entre eux sont détenus en réalité par des prête-noms ou par des sociétés écrans sans existence réelle dont les sièges sociaux sont domiciliés au Luxembourg, au Panama ou dans les îles Caïmans...

Pis encore, le « Manuel » dénote, dès novembre 1998, une parfaite conscience des risques potentiels générés par les « législations locales », hors la Suisse, en matière d'évasion fiscale. « La discrétion découlant du secret bancaire suisse à l'égard de notre clientèle ne peut être assurée qu'à l'intérieur de nos frontières », insistent ses auteurs, dans une mise au point sur la « validité [*sic*] du secret bancaire suisse à l'étranger ». Ils y déplorent que « les employés [d'UBS] exerçant une activité à l'étranger [puissent] être contraints, en vertu de législations locales, de fournir des informations (par exemple par voie judiciaire) concernant des relations d'affaires avec les succursales suisses ». Ils prévoient visiblement déjà le cauchemar judiciaire que vivra UBS, à partir de décembre 2004, aux États-Unis, puis, en 2010, en Allemagne : « Enfin, les unités de notre organisation internationale pourraient être menacées de violation du droit, être confrontées à des mesures administratives pouvant aller jusqu'au retrait de la licence [droit d'exercer l'activité bancaire] et, le cas échéant, être obligées de fournir des documents en leur possession contenant des informations en rapport avec des relations d'affaires confidentielles... »

* * *

Mais ce véritable guide en évasion fiscale du commercial UBS, certainement en vigueur dans les « desks » de la banque outre-Atlantique, à la même époque, n'a pas permis de leurrer longtemps les enquêteurs américains. Entre 2004 et 2007, le fisc des États-Unis a en effet découvert qu'UBS s'est livré à l'organisation d'une évasion fiscale de très nombreux et richissimes citoyens américains. Dès le début de 2008, Daniel Reeves, un inspecteur de l'Internal Revenue Service (IRS), le fisc américain, a bouclé un dossier de plusieurs centaines de pages sur cette fraude massive. Le 23 avril de cette même année, il permet l'arrestation de Martin Liechti, le responsable UBS de la gestion de fortune en Amérique, à l'aéroport de Miami. Le 11 juin suivant, Washington adresse une demande d'entraide judiciaire à la Suisse, à propos de plus de 250 clients américains d'UBS accusés de s'être abrités derrière des sociétés écrans pour tromper le fisc.

En réalité, Daniel Reeves n'ignore alors plus rien des méthodes – qualifiées de « criminelles » – de la banque suisse en matière d'évasion fiscale. Il connaît ce rapport interne de la direction Gestion de fortune (Wealth Management & Business Banking) d'UBS[1], daté du 10 décembre 2004, qui révèle que cette activité illégale vise 52 000 comptes et quelque 17 milliards de dollars ! Il sait que, dès le 4 juillet 2000, un autre document interne, rédigé par deux cadres d'UBS Gestion de fortune basés à Zurich, propose des techniques juridiques de contournement du fisc américain, que ce « mémo » est reçu, sans protestation, par le patron du département Gestion de fortune, Georges Gagnebin, par l'un de ses cadres supérieurs, Raoul Weil, chargé de l'Europe, du Moyen-Orient et de l'Afrique, mais aussi par John Cusack, le directeur de la Conformité du groupe suisse, qui ne réagit pas plus que ses collègues...

Daniel Reeves a aussi découvert que les mêmes dirigeants d'UBS, notamment Georges Gagnebin et John Cusack, ont reçu, le 9 janvier 2002, un avertissement très clair d'un juriste de leur banque, Franz Zimmermann : « Bien des services offerts par la Gestion de fortune aux citoyens américains depuis la Suisse sont problématiques... », mais qu'ils n'en ont toujours pas tenu compte, bien au contraire. D'où, par exemple, cette formation dispensée à six cadres d'UBS Gestion de fortune, le 17 août 2004, à Zurich, par quatre cabinets de conseil, afin de leur enseigner les dernières astuces pour réussir l'évasion fiscale de leurs chers clients

---

1. « Review of US Resident Non-W9 Business, Legal and Compliance », cité lors de l'audience, le 4 mars 2009, du sous-comité des investigations du Comité de la sécurité intérieure et des affaires gouvernementales du Sénat des États-Unis.

aux États-Unis et au Canada. Ce sont, finalement, plus de 900 sociétés écrans qui sont créées par UBS au Panama et au Liechtenstein, afin de camoufler les avoirs de ses clients américains offshore.

Fort de l'enquête de Daniel Reeves, le fisc américain a très vite menacé de rendre public une liste de 52 000 clients américains d'UBS soupçonnés de fraude. Il a recueilli ainsi les aveux spontanés de quelque 7 500 d'entre eux. L'IRS a fait aussi pression sur Igor Olenicoff (200 millions de dollars non déclarés), une des vingt plus grosses fortunes du pays, et a obtenu par ce moyen le nom de Bradley Birkenfeld, ancien cadre gérant de fortune d'UBS, citoyen des États-Unis ayant exercé à Genève.

Le 18 février 2009, un tribunal américain a condamné UBS à une amende de 780 millions de dollars (615 millions d'euros) et a menacé la banque suisse de lui retirer sa licence aux États-Unis. L'histoire se transforme dès lors en lutte de droit administratif entre la Suisse et les États-Unis, le droit du secret bancaire en Suisse s'opposant à la divulgation des noms de clients de banque helvétiques. Cependant, face au risque économique encouru, la Suisse a accepté un accord de coopération avec l'IRS, le 19 août 2009, aux termes duquel UBS a admis « avoir aidé des contribuables américains à cacher des comptes bancaires au fisc » tout en s'engageant à « livrer immédiatement à Washington les identités et les informations bancaires des clients américains d'UBS » soupçonnés d'évasion fiscale.

Le 31 août 2011, enfin, le vice-ministre de la Justice américain, James Cole, a envoyé une lettre aux autorités suisses pour leur demander des éclaircissements sur l'aide apportée à des évadés fiscaux américains par le Crédit suisse et d'autres banques, menaçant de poursuites les banques qui ne collaboreraient pas. Après leur enquête sur UBS, les autorités américaines ont en effet étendu leurs investigations à une dizaine d'établissements suisses. Elles souhaitent obtenir la liste de tous les citoyens américains qui ont déposé au moins 50 000 dollars dans une banque de la Confédération helvétique entre 2002 et 2010...

***

En France, en revanche, les recommandations du sulfureux « Manuel Private Banking » d'UBS ont manifestement épargné à la banque suisse, jusqu'à ce jour, le moindre désagrément relatif aux opérations d'évasion fiscale pourtant pratiquées massivement, comme aux États-Unis. À la lecture de ce document interne, il est patent que les dirigeants du groupe helvétique ont parfaitement conscience de la gravité des risques judiciaires encourus dès que leurs « chargés d'affaires » suisses opèrent en territoire étranger – on serait tenté de dire : « hostile » –, étant donné les « règles de conduite » impératives qu'ils y édictent – il faut rappeler ici que l'activité commerciale bancaire d'agents suisses sur le territoire français, entre autres, est totalement illégale.

Ainsi, « il est spécialement recommandé d'attirer l'attention des clients domiciliés à l'étranger sur les risques liés au passage des frontières avec des documents bancaires », de même que « les contacts avec la clientèle, l'utilisation, le transport interne et externe, le filmage, l'archivage et la destruction de données, etc., ne seront en principe confiés qu'au personnel suisse connu de la direction Private Banking des succursales [non suisses] concernées et ayant fait ses preuves pendant un temps suffisamment long ».

Progressivement, le « Manuel Private Banking » d'UBS se transforme en véritable mémento de l'agent (commercial) secret. Ainsi, « lorsque la direction permet à ses cadres et à leurs spécialistes éprouvés de faire usage de calepins, de "carnets du lait"[1] ou d'autres aide- mémoire contenant des informations sur la clientèle privée, ces moyens seront conçus de telle manière qu'ils soient inutilisables par des tiers non autorisés (codages, inversions, etc.) ». La crainte du gabelou n'ayant pas de limites, il est interdit d'avoir « recours à des appareils à mémoire électronique [y compris les ordinateurs portables] pour l'élaboration de fichiers permettant d'établir la relation nom-numéro [de compte] ou toute autre accumulation de risques », et ce même si « ces supports sont conservés sous clé » ou si « les données sont cryptographiées ».

---

1. Les fameux « carnets du lait » sont au cœur des révélations sur l'évasion fiscale organisée par UBS en France, ce qui sera exposé très précisément dans notre chapitre 4.

Heureusement pour la justice, si elle doit s'exercer un jour, toutes ces instructions n'ont pratiquement pas été respectées par les chargés d'affaires suisses opérant en territoire hostile...

Le penchant pour la maîtrise absolue des procédures de « sauvegarde du secret bancaire » va jusqu'à exiger de « chaque responsable Private Banking » qu'il tienne à jour le « fichier des personnes qui utilisent [les] données [...] qui représentent un cumul de risques [...] et qui y ont accès », mais aussi qu'il assure le « contrôle des clés, cartes d'accès, codes, badges, etc., avec désignation des ayants droit et de leurs remplaçants, même pour des absences de courte durée ». Enfin, il va de soi que ces « responsables » doivent considérer comme banal le fait que leurs échanges par téléphones mobiles (sur le réseau Natel, opérateur national historique en Suisse) sont susceptibles d'être « placés sur écoute sans difficulté [...], notamment avec les clients à l'étranger [et] en particulier quand le numéro de l'abonné est connu ».

★ ★ ★

Les dirigeants d'UBS craignent donc, dès 1998, que certains de leurs clients soient « placés sur écoute ». Car, très certainement, ils savent déjà que ceux-ci sont susceptibles d'intéresser les services de renseignement, de douane ou de police. Et pourtant, ces clients à haut risque ont manifestement bénéficié, jusqu'en 2004, en France, d'une étrange complaisance de la part des responsables de l'importante filiale parisienne du groupe, ouverte en 1999.

C'est ce que démontre la lecture des sept pages du rapport confidentiel de John Cusack, patron de la Conformité[1] suisse du secteur Gestion de fortune et banque d'affaires au groupe UBS, adressé au président d'UBS France, le 28 février 2004, et dont le titre est sans ambiguïté : « Examen de clients sensibles et à haut risque... »[2].

Il a débarqué de Zurich, un beau matin ensoleillé d'octobre 2003, sans imaginer une seconde qu'il allait mettre, pendant trois mois, le nez dans une véritable poudrière. Et pourtant, ce que John Cusack a découvert, lors de son inspection dans les locaux d'UBS France, boulevard Haussmann, à Paris, avait de quoi effrayer le président de la banque, Jean-Louis de Montesquiou. Le chef suisse de la Conformité s'est penché, d'octobre à décembre 2003, sur les comptes des « personnes politiquement exposées », sur ceux des « clients fortunés », sur les avoirs issus de pays ou d'activités « sensibles »,

---

1. En finance, la conformité, ou « compliance », désigne le respect des dispositions législatives et réglementaires propres aux activités bancaires et financières, ainsi que celui des normes professionnelles et déontologiques.

2. Traduction de « Sensitive High Risk Clients Review & Additional Observations ». À ce rapport sont jointes 22 pages (que nous possédons aussi) de tableaux détaillant les données disponibles sur ces comptes à « haut risque » : numéros de comptes, noms des titulaires, montants des avoirs, noms et localisations des gestionnaires, profils des titulaires, degrés de risque, préconisations de l'auditeur...

afin de détecter principalement les « risques de blanchiment d'argent ». Il s'est livré, comme c'est de bonne méthode dans son métier, à l'« examen des profils des clients », à des « recherches internet intensives », à l'« évaluation du risque global de conformité présenté par chaque compte ».

Son intervention transalpine a d'abord été motivée par le fait que les responsables juridiques et de la conformité français n'avaient pas réalisé eux-mêmes « la surveillance, le contrôle et l'examen » nécessaires des clients sensibles d'UBS France, « en raison de facteurs locaux »… Délicat euphémisme, pour couvrir une carence de vigilance dont l'audit interne d'UBS France finira par penser qu'il confinait à la complicité. En conséquence, John Cusack a conclu son enquête en constatant que « la plupart des profils de clients tombent dans la couleur ambre de la notation et qu'ils sont à l'extrémité inférieure du spectre » d'évaluation du risque. Les couleurs d'évaluation vont du vert (correct) au rouge (risqué), en passant par l'orange, puis l'ambre. Selon lui, la moitié des 67 dossiers « sensibles » examinés devait être considérée à risque. Deux dossiers furent même « jugés comme présentant un *risque majeur à la réputation* [souligné par John Cusack] d'UBS France, mais aussi de l'ensemble du groupe UBS », ce qui devait entraîner « une rupture de la banque avec ces relations d'affaires ».

S'est ainsi trouvé dans le collimateur du chef de la Conformité d'UBS le compte de la Société nationale des hydrocarbures (SNH) du Cameroun, dont les 35 millions de francs suisses d'actifs (près de 29 millions d'euros) ne pesaient pas assez lourd, selon lui, dans une balance dont le second plateau était lesté d'« informations de presse indiquant que cette compagnie a été critiquée par le Fonds monétaire international (FMI) et par la Banque mondiale à cause du manque de transparence concernant ses revenus ». John Cusack commentait : « Le potentiel de corruption [de la SNH] est élevé », tandis que la ligne 46 de sa série de tableaux ajoutait que « la compagnie gazière et pétrolière est décrite comme "black cash box" du Cameroun », cette ancienne colonie française d'Afrique occidentale aux richesses naturelles exceptionnelles, présidée par l'autocrate Paul Biya depuis novembre 1982.

Il ne croyait pas si bien dire. Les enquêtes judiciaires menées par les juges Eva Joly et Laurence Vichnievski dans le cadre de l'affaire Elf, surtout à partir de 1997[1], ont permis de révéler que la compagnie pétrolière nationale française aurait prêté, en 1992, plus de 80 millions d'euros à la SNH camerounaise, au seul profit du président Paul Biya, via une banque des îles Vierges. En échange de quoi, le président du Cameroun reversait une rétrocommission de 20 millions d'euros aux caisses noires d'Elf par l'entremise intéressée d'un certain Alfred Sirven. En 2002, les comptes de cet intermédiaire, numéro 2 d'Elf, sous la présidence de

---

1. Le volet corruption de l'affaire est définitivement clos par la Cour de cassation, le 31 janvier 2007.

Loïk Le Floch-Prigent, ont à nouveau été crédités de 25 millions de dollars, toujours dans le cadre des relations pétrolières franco-camerounaises. En 2006 et 2007, de nouvelles enquêtes menées par la Brigade financière, à partir d'informations recueillies par TRACFIN, ont encore impliqué Total – héritière d'Elf – et la SNH camerounaise dans des faits de blanchiment, de commissions occultes et de corruption.

* * *

Outre la SNH camerounaise, John Cusack mettait également en cause « l'opportunité d'une deuxième cliente (4 millions de francs suisses d'actifs), fille d'un entrepreneur brésilien décédé », Calim Eid, lequel « était aussi un ami proche, collecteur de fonds et coordinateur de campagne électorale de Paulo Maluf, maire de São Paulo et gouverneur de l'État du même nom, impliqué dans plusieurs scandales au Brésil, depuis 1992 ». John Cusack ajoutait que « des articles sur la corruption et des scandales sexuels mentionnant le père de la cliente ont été trouvés ». Dans la ligne 67 de sa série de tableaux joints à son rapport, le chef de la Conformité d'UBS allumait une alerte rouge : « Very high reputation risk ! »

Ici encore, le contrôleur suisse faisait preuve de prescience judiciaire, puisque la justice new-yorkaise accusa, en 2007, Paulo Maluf d'avoir touché, en une dizaine d'années, quelque 140 millions de dollars au moins de pots-de-vin versés par les entreprises et groupes de BTP auxquels il attribuait des marchés gigantesques de construction, autoroute comprise, en tant que maire et gouverneur de São Paulo. Quant à Calim Eid, il fut accusé par le parlementaire brésilien Mário Juruna, entre autres, d'avoir tenté d'acheter sa voix en faveur de l'élection de Paulo Maluf à la présidence de la République.

D'autres nombreux clients furent désignés aussi comme « hautement risqués » par John Cusack, sans que le contrôleur suisse ne demande pour autant la fermeture immédiate de leurs comptes. Ainsi apparaissait Alexis Claude Kniazeff (dont le compte UBS était crédité de plus de 75 millions de francs suisses, soit plus de 60 millions d'euros), fondateur et ex-président du groupe Altran, dont je reparlerai un peu plus loin. Le 29 mars 2007, il sera condamné à un modeste million d'euros de « sanctions » par l'Autorité des marchés financiers (AMF) pour de nombreuses « irrégularités comptables » et « manquements d'information du public ». Mais les très importants soupçons d'évasion fiscale de grande ampleur qui pèsent aussi sur lui n'ont pas fait l'objet de la moindre procédure judiciaire...

On rencontrait aussi, à l'occasion de l'enquête de John Cusack, Alexander Sabadash (compte UBS : pas loin de 8 millions de francs suisses, soit plus de 6 millions d'euros), « entrepreneur de Saint-Pétersbourg, connu en tant que "vodka king", qui contrôle un empire comprenant distilleries de vodka, production d'aluminium, usines de pâte à papier, hôtels… ». À son sujet, John Cusack osait ce commentaire : « Risque de réputation élevé en raison de scandales et des questions de corruption endémique dans le secteur de l'aluminium russe. » En 2003, date à laquelle il est nommé représentant de la Région autonome des Nenets au Conseil de la Fédération de Russie[1], l'homme, né en 1965, a déjà un parcours judiciaire particulièrement inquiétant, sur lequel il serait bien trop long de s'étendre[2], mais où il est question d'évasion fiscale et de corruption, de tentative de spoliation foncière…

Enfin, des doutes sérieux étaient émis par John Cusack sur la clarté de la gestion des comptes de clients possédant des casinos ou œuvrant dans l'« industrie du sport »… En conséquence de quoi, il préconisait tout simplement le recrutement d'un « nouveau chef » du service Droit et Conformité à

1. Siège qu'il abandonnera trois ans plus tard, pour « des raisons personnelles ».
2. Le 12 décembre 2004, une note confidentielle de l'audit interne d'UBS France relevait, à son sujet : « Ouverture du compte en 2001. La presse internationale fait ressortir des éléments peu positifs sur ce client lié à différentes affaires troubles dans son pays (*Le Monde* du 17 juin 2002, *The Times* du 15 octobre 1999, BBC Russia, le 14 octobre 1999, et différents sites internet). Déclaration TRACFIN courant novembre 2003 – *a posteriori*. Remarque de TRACFIN. Mouvements financiers de UBS Paris vers l'étranger. Dossier ouvert sans vérifications sérieuses en France… »

UBS France, auquel il serait « nécessaire d'assurer l'indépendance et le soutien appropriés », car « les marchés semblent exercer une pression importante sur la conformité juridique ».

Le contrôleur suisse d'UBS a donc bien remarqué la légèreté de la « culture juridique et de conformité » de ses collègues parisiens, légèreté qui permet de fermer les yeux sur la gestion très tolérante, d'un point de vue fiscal, des comptes de « sociétés civiles » qui distribuent leurs bénéfices à des « personnes identifiées » et qui ont manifestement « des fins de planification fiscale et successorale ». Mais, malgré ces observations déjà avancées, John Cusack est resté sur le seuil. Souvenons-nous ici que John Cusack n'a jamais bronché, ni en juillet 2000 ni en janvier 2002, lorsque des avertissements internes sur les risques pris par UBS en matière d'évasion fiscale aux États-Unis lui ont été présentés. En matière de conformité, ce dirigeant suisse devait sans doute considérer que certaines tolérances doivent être admises. Des tolérances que l'audit interne d'UBS France n'a, quant à lui, pas acceptées, découvrant, entre 2003 et 2009, la gravité des « affaires spéciales » abritées par sa banque et, surtout, l'ampleur de ses opérations d'évasion fiscale.

Certes, le patron suisse de la Conformité du groupe suisse avait bien entendu le directeur de l'audit interne de la filiale parisienne lui parler « d'une possible connexion politique » sur un des comptes examinés, le prévenir qu'un client était

« dangereux » ou qu'un autre était « impliqué dans le trafic d'armes », mais il ne l'avait visiblement pas pris au sérieux. Savait-il que ce cadre supérieur de la banque était alors en relation constante avec des agents de TRACFIN, des policiers de la Brigade financière et plusieurs officiers de renseignement ?

3

Au cœur des « Affaires spéciales »

> « Je pense que, dans le registre des hypocrisies de nature à nous décourager, l'absence de volonté des différents pays à lutter contre l'évasion fiscale est particulièrement choquante. Non pas à l'intérieur de leurs frontières, mais à l'extérieur. Tous nos pays tolèrent encore la fraude fiscale. Or elle a un lien avec la criminalité organisée. L'argent gris circule sur les mêmes réseaux que l'argent noir. »
>
> Bernard Bertossa
> (alors procureur général de Genève),
> dans Denis Robert, *La Justice ou le Chaos*,
> Paris, Stock, 1996, p. 147.

Troisième chapitre, où l'audit interne d'UBS France, en coopération avec TRACFIN et la Brigade financière, met au jour un nombre considérable de comptes et de clients soupçonnés par ces services de l'État d'escroquerie, de corruption, mais aussi de trafic d'armes, de terrorisme et même de trafic de matière nucléaire. Comment il advient alors que l'analyse de ces « affaires spéciales » entraîne la banque dans une série d'incidents graves, dont une attaque à main armée, dont l'objectif est manifestement de saboter l'assainissement des comptes gérés par l'établissement. Dès lors, nous assistons à la révélation d'importantes complicités internes vis-à-vis des clients « sensibles », puis à la découverte d'une évasion fiscale largement organisée au profit de ceux-ci. Enfin, l'approfondissement des investigations de l'audit interne d'UBS France confronte celui-ci, dès l'été 2004, à la protection d'activités commerciales fiscalement suspectes par la direction générale de la banque.

À lire ses comptes rendus mensuels d'activité, entre mars 2003 et juin 2009, on comprend rapidement que le service de l'audit interne d'UBS France a développé, jusqu'à ce qu'il soit démantelé par la direction générale de la banque, une énergie exceptionnelle au service de la transparence vis-à-vis des autorités publiques de contrôle des sociétés financières, que ce soit d'abord à propos du blanchiment et, ensuite, de l'évasion fiscale.

À la tête de l'audit interne d'UBS France, Nicolas F. ne cessera de découvrir – et de dénoncer – une somme impressionnante d'irrégularités, de risques et même de délits, dont certains relèvent d'une authentique criminalité. « C'est un rigide qui n'a jamais lâché le morceau, malgré les avertissements, intimidations et même menaces dont il a été l'objet, à partir de 2004 », m'explique Beth. Avant de préciser : « Ce jeune homme a montré, au début, une naïve loyauté vis-à-vis de la direction générale de la banque, avant de comprendre que celle-ci lui mettait de plus en plus de bâtons dans les roues, au fur et à mesure que les enquêtes de son service révélaient la dimension systématique des délits constatés, notamment en ce qui concerne l'évasion fiscale. »

Le baptême du feu de Nicolas F. a lieu dès le printemps 2003, lorsqu'une première mission d'inspection de la Banque de France au sein d'UBS le mobilise, à partir du 4 mars, sur des questions de blanchiment, de comptes dormants et de contrôle interne[1]. Dans le cadre de cette collaboration intensive avec l'« Autorité de tutelle », l'audit interne constate déjà un premier « problème de connexion informatique »… Ce souci technique va virer, progressivement, à l'authentique opération de « sabotage » du « positionnement d'UBS France dans le cadre de la lutte contre le blanchiment et de ses relations avec les Autorités de tutelle »[2].

Au fil de ses rapports mensuels, l'audit interne d'UBS France dresse un portrait des pratiques de sa banque qui paraissent être diamétralement opposées à celles relevant d'« une gestion respectueuse, responsable et intègre, une attitude consciencieuse, fiable et constante, ainsi [qu'au] respect des normes professionnelles les plus exigeantes »

1. « Compte rendu avril 2003 » du Service Audit Interne UBS (France) SA.
2. « Compte rendu septembre 2004 » du Service Audit Interne UBS (France) SA, p. 4.

si solennellement vantés par le « dresscode »
imposé par la banque à ses commerciaux en
décembre 2010...

Un florilège des découvertes faites par Nicolas F.
et des actions menées par son service au fil de
l'année 2003, rapidement classées sous la nomencla-
ture « Affaires spéciales », en est l'impressionnante
et trépidante illustration : « Dossier A. Bruce Smith
– client résidant à Chypre, détenant 3 comptes bancaires hors de France (Grande-Bretagne et Lettonie).
Origine des fonds incertaine. Dossier placé sous
surveillance... » (13/08/2003) ; « Étude du dossier client UBSWM[1] – Dossier Riviera. RISQUE
BLANCHIMENT. Proposition de déclaration
TRACFIN... » (21/08/2003) ; « Affaire Riviera
et Iéna. Problématique de sécurité physique »
(24/10/2003) ; « Dossier Riviera sensible. Mise
en garde » (24/11/2003) ; « Disparition d'un dossier
sensible : dossier Rochester Holding » (10/10/2003) ;
« Réunion externe sur dossiers. Agression et disparition de documents » (13/10/2003) ; « Opérations de caisse illégales détectées sur UBSWM »
(27/11/2003) ; « Enquête en cours sur le dossier
AXMINE (détournement de fonds) – Dossier ayant
des incidences sur le dossier Balance et sur le PDG
d'UBSWM » (27/11/2003) ; « Arrêt des opérations
illégales sur le dossier Ardoin – Aga Khan... »
(28/11/2003) ; « Recoupement des informations sur
la fraude (faux et usage de faux, détournements de

---

1. Département Wealth Management (gestion de fortune) d'UBS.

fonds et abus de biens) » (04/12/2003) ; « Correction et validation des dossiers et des lettres TRACFIN sur les dossiers OAF-GLNF [Œuvre d'assistance fraternelle de la Grande Loge nationale française], comptes Aga Khan (Hugh Ardoin), opérations de caisse illégales... » (09/12/2003)[1]...

★ ★ ★

D'autres « affaires spéciales » semblent avoir une dimension plus grave encore, mêlant les problématiques de blanchiment et d'évasion fiscale à celles des financements du crime organisé, de dictatures africaines ou du terrorisme. Deux points relevés par le rapport de décembre 2003 de l'audit interne d'UBS France en dessinent les premiers contours. Le 18 novembre précédent, Nicolas F. informe sa direction générale qu'une « enquête [est] en cours sur une société basée à Londres, recevant des rétrocessions d'un client UBS France ». Or cette « société [est] sans "dirigeants"... ». L'auditeur précise : « Domiciliation des sociétés à Jersey et Saint-Kitts-et-Nevis[2] (Paradis fiscaux). Absence

---

1. Sur tous ces faits, *cf.* le « Compte rendu décembre 2003 » du Service Audit Interne UBS (France) SA. Dans le rapport suivant (janvier 2004), l'audit interne ajoute : « Il est prouvé que M. H. Ardoin est coupable de malversations sur les comptes de l'Aga Khan... »
2. Petit État des Antilles, en mer des Caraïbes, membre du Commonwealth britannique, connu aussi sous le nom de Saint-Christophe-et-Néviès, pavillon de complaisance, et placé par les membres du G20 sur la liste grise des paradis fiscaux en avril 2009.

complète de numéros de téléphone ou de personnes dirigeant ces sociétés. Données financières douteuses et légères. » Et du 9 au 12 décembre, le jeune enquêteur présente aux agents de TRACFIN plusieurs « dossiers Afrique » éminemment suspects : « SNH » (Société nationale des hydrocarbures du Cameroun), « Pétrole Tchad » (projet dit Pétrole Tchad-Cameroun), « Conseil de l'Entente »[1].

À propos de la SNH du Cameroun, évoqué par John Cusack, les informations de l'audit interne d'UBS France seront précisées, en janvier 2004, et entraîneront le gel de sa relation commerciale avec la banque. Le compte de cette société pétrolière domiciliée à Yaoundé a été ouvert en février 2003, à Paris, et enregistre aussitôt de « très importants mouvements financiers en euros et en dollars », dont des « opérations curieuses », en septembre 2003 : « Paiement d'une commission de 3 millions d'euros à un architecte, opération non justifiée et n'ayant fait l'objet d'aucune enquête. » De plus, selon une note confidentielle du 12 janvier 2004, des « versements trimestriels de rétrocessions à une société en Angleterre, Neatdome[2] » ont lieu pour des « montants importants ». Le document ajoute : « Pas de traces et d'informations au fichier central… Société écran sous forme de boîte postale elle-même gérée

---

1. Organisation de coopération régionale d'Afrique de l'Ouest, à finalité principalement économique, créée en 1959 par le Bénin, le Burkina Faso, la Côte d'Ivoire et le Niger, rejoints par le Togo en 1966. Son siège se trouve à Abidjan, en Côte d'Ivoire.
2. Créée en mars 2000, elle a été dissoute le 15 mars 2005.

par deux sociétés basées à Saint-Kitts-et-Nevis et à Jersey… » Enfin, l'audit interne d'UBS note, à l'époque, que le directeur L & C [Droit et Conformité] de la banque et un chargé d'affaires cité dans pratiquement toutes les « affaires spéciales » suspectes sont les seuls à connaître Neatdome et ses gérants, qu'ils « n'ont jamais informé le PDG [d'UBS] de la structure et du montage du dossier SNH, […] ce qui n'est pas normal et légal ».

Plus inquiétant encore, l'« affaire Riviera » met gravement en cause la conscience professionnelle, voire civique, du PDG d'UBS Gestion de fortune et de son responsable Droit et Conformité, après le constat de « dysfonctionnements dans la gestion des comptes client de l'activité Nautique » de l'agence de la banque à Cannes. Les « dysfonctionnements » relevés par l'audit interne d'UBS France sont impressionnants : « Opérations opaques. Circuits de blanchiment. Règles KYC [Know Your Customer, soit "connaître son client", procédure anti-blanchiment] non respectées. Clients identifiés comme étant liés au trafic international d'armes. Clients pouvant être liés au terrorisme international[1]. »

Dans le même registre, le « dossier KIM », du nom d'un « ressortissant kazakh », a été ouvert en mai 2002 chez UBS France, « avec absence de vérifications des signatures client et non-validation par le département L & C ». Les premières enquêtes de

---

1. Note confidentielle du 12 janvier 2004 intitulée « Synthèse dossier Balance ».

conformité n'ont étrangement lieu que « plus de sept mois après l'ouverture du compte » et, pis encore, « la transmission des informations [recueillies] au PDG remonte au 19 novembre 2003, soit plus de dix mois après avoir eu connaissance d'informations particulièrement sensibles ». Cerise sur le gâteau, si l'on ose dire, « ce dossier ne fait pas apparaître de déclaration de soupçon à TRACFIN, alors que le client est impliqué dans une affaire de corruption au plus haut niveau de l'État kazakh » et « qu'il est également impliqué dans le trafic de matière nucléaire *via* sa société ».

Cette plongée inexorable de l'audit interne d'UBS France dans les eaux troubles des « affaires spéciales » ne se fait pas sans risque. Le mercredi 1er octobre 2003, le département Gestion de fortune d'UBS, sis au 15, avenue d'Iéna, dans le XVIe arrondissement de Paris, est l'objet d'une attaque à main armée très traumatisante pour « les personnels ». Selon une note confidentielle datée du 7 octobre suivant, « l'agression [...] a été réalisée par un homme seul, de type européen, âgé entre 40 et 45 ans, à visage découvert et détenteur d'une arme à feu utilisée à plusieurs reprises ». Du fait que « l'agresseur est entré dans la banque sans dire un mot », qu'il « s'est dirigé directement vers l'accès aux étages », sans s'intéresser à « la caisse », que « sa tenue vestimentaire "classique" » pouvait le faire passer pour un client, mais surtout que « l'agresseur a pris le temps de frapper [et de blesser au visage avec la crosse de son arme] le gardien de la banque, et ce au risque de se faire prendre », les enquêteurs ont privilégié l'hypothèse « d'une personne répondant à une mission précise d'intimidation n'ayant pas pour but de réaliser un forfait mais [plutôt celui] de marquer les esprits ».

Un officier de police de l'Office central de répression de la grande délinquance financière m'a confirmé que l'attaque à main armée d'octobre 2003, « un travail de professionnel », était destinée à délivrer un message on ne peut plus clair. En substance : l'audit interne d'UBS France doit cesser d'enquêter sur les « affaires spéciales », c'est-à-dire sur les comptes bancaires ouverts par des criminels avec la complicité de certains dirigeants de l'établissement, notamment à Cannes et à Paris ; et il doit cesser de coopérer avec TRACFIN et les services de police !

* * *

À partir du second semestre 2003, UBS France et surtout son département Gestion de fortune semblent donc précipités en plein roman noir. Durant cette période (2003-2004), d'autres événements semblent indiquer l'existence d'une véritable organisation délictueuse, voire criminelle, au cœur de la banque du 69, boulevard Haussmann.

Les accidents techniques se multiplient tout au long des investigations de l'audit interne d'UBS France, éveillant peu à peu son soupçon quant à des manœuvres délibérées d'« entrave » de son travail par d'autres cadres de sa banque. Ainsi, a-t-il scrupuleusement relevé : « ACCIDENT INFORMATIQUE LES 18,

19 et 20/06/03 [souligné par le rédacteur du rapport]. Perte totale des données informatiques concernant les rapports de l'Audit Interne sur les Frais Généraux[1]. » Or c'est par l'examen attentif de ces frais que la preuve peut être apportée que certaines prospections intensives des commerciaux de la banque n'aboutissent pas à des ouvertures de comptes classiques, mais qu'elles sont des actions de démarchage pour vendre des services offshore non déclarés, c'est-à-dire de l'évasion fiscale. Comment expliquer autrement que des notes de frais très importantes, notamment pour des repas ou des voyages luxueux faits en compagnie de clients potentiels richissimes, ne génèrent jamais aucun chiffre d'affaires officiel pour la filiale française d'UBS ? On comprend que la tentation de certains a été grande d'effacer les preuves informatiques de ces activités commerciales parfaitement illégales.

Plus grave encore, l'audit interne d'UBS France met en cause l'efficacité, voire l'honnêteté des instances normales de contrôle, de conseil juridique et de conformité de la banque et de son département Gestion de fortune en particulier : « Le contrôle interne d'UBS France présente des problématiques sérieuses qui représentent d'ores et déjà des zones de risque importantes[2]… » Une autre note confidentielle rédigée par Nicolas F. à la demande et à la

1. « Compte rendu juillet-août 2003 » du Service Audit Interne UBS (France) SA, p. 5.
2. « Compte rendu juillet-août 2003 » du Service Audit Interne UBS (France) SA, p. 3.

seule destination de la présidence d'UBS France, le 12 janvier 2004, précise même de graves soupçons sur l'« implication » du département Droit et Conformité dans la gestion des comptes de clients dangereux et plus spécifiquement au moment de leur ouverture et des recherches à effectuer avant l'entrée en fonction desdits comptes. Et lorsque Nicolas F. use du qualificatif « dangereux », il n'abuse manifestement pas.

La lecture de ce document de janvier 2004 montre, en effet, que ce sont les enquêteurs de TRACFIN qui alertent, dès le 23 octobre 2003, l'audit interne de la banque, dans des termes presque dramatiques, insistant sur la nécessité de leur déclarer les comptes d'UBS Gestion de fortune ouverts au comptoir de Cannes, notamment ceux qui concernent l'activité nautique et qui appartiennent à des « non-résidents moyen-orientaux », dans la mesure où « les financements liés aux activités terroristes » rentrent dans le cadre des déclarations qui doivent être faites à TRACFIN. Cette alerte est d'ailleurs soutenue, à l'époque, par le commissaire divisionnaire Didier Duval, directeur de l'Office central de répression de la grande délinquance financière, compte tenu d'intimidations et de menaces qui ont visé un collaborateur de l'audit interne de la banque, lors d'événements qui se sont produits à Cannes et à Paris, parmi lesquels l'attaque à main armée de l'établissement d'UBS de l'avenue d'Iéna n'est pas le moins significatif.

Le 28 octobre, le président du directoire d'UBS France décide donc de transférer la mission de déclarant TRACFIN du directeur du département Droit et

Conformité au patron de l'audit interne. Le 30 octobre 2003, le correspondant TRACFIN chargé de contrôler UBS renouvelle ses avertissements : « TRACFIN informe l'audit interne de ses doutes sur les responsables de la conformité d'UBS France et d'UBS Gestion de fortune[1]. » De fait, une « note d'inspection » confidentielle, datée du 17 novembre 2003, faisant la revue des « affaires spéciales » en cours, relève : « Le point commun de tous ces dossiers [il s'agit de comptes bancaires] est qu'ils ont été ouverts chez UBS France sans aucune difficulté alors que des informations sensibles circulaient à leur sujet. » Pour enfoncer le clou, une seconde « note d'inspection » confidentielle, datée du 20 novembre 2003, accuse la direction Droit et Conformité d'UBS France d'avoir couvert les pires risques, y compris dans le cas du « dossier KIM », où il était pourtant question de « corruption au plus haut niveau de l'État kazakh » et même de « trafic de matière nucléaire » ! La conclusion de ce document interne est cinglante : « Il s'agit dans le présent cas de rétention d'informations et d'entraves aux enquêtes de l'audit interne. »

★ ★ ★

La fiabilité douteuse des services de contrôle juridique et de conformité d'UBS pose un grave problème aux agents de TRACFIN et de la Brigade

1. Respectivement MM. Éric Dupuy (aujourd'hui directeur juridique d'HSBC Private Bank, Monaco, depuis 2005) et Chi Lethuc.

financière, d'autant que les dossiers d'UBS France et d'UBS Gestion de fortune (Paris et Cannes) sont réellement sensibles et font apparaître « des connexions avec des réseaux organisés ou des personnalités très sensibles[1] ». Sensibles au point que « certains dossiers ne pourront entraîner des suites judiciaires malgré la volonté d'enquêter de TRACFIN, compte tenu des protections diplomatiques ou politiques dont bénéficient certains clients »…

Le 12 décembre 2003, le président du directoire et l'auditeur interne d'UBS France sont convoqués au siège de TRACFIN. Ils s'y font sérieusement sermonner. Les enquêteurs du ministère de l'Économie et des Finances déclarent, en effet, « porter une appréciation négative sur le comportement d'UBS en matière de déclaration de soupçons de blanchiment, tant sur un plan qualitatif que quantitatif », et ce entre 1999, date de l'ouverture de la banque en France, et l'été 2003. Ils se montrent même menaçants, d'après la retranscription de l'échange réalisée par Nicolas F. : « TRACFIN ne nous a pas caché qu'en cas de contrôle anti-blanchiment effectué par la Commission bancaire[2] nous nous serions retrouvés probablement

1. Note confidentielle du 12 janvier 2004, intitulée « Synthèse dossier Balance », « Balance » étant le nom de code du directeur du département Droit & Conformité d'UBS France.
2. Juridiction administrative spéciale et service de l'État chargé du contrôle des établissements financiers, ayant pouvoir de sanction, fusionnée, en janvier 2010, avec l'Autorité de contrôle des assurances et des mutuelles, entre autres, pour donner naissance à l'Autorité de contrôle prudentiel (ACP) qui collabore dès lors avec l'Autorité des marchés financiers (AMF) et avec… TRACFIN.

en difficulté. TRACFIN nous a fait comprendre que nous étions menacés par l'article 562-7 du Code monétaire et financier qui régit le principe du "grave défaut de vigilance" », lequel entraîne normalement une saisie du procureur de la République.

Dans la journée, le président du directoire d'UBS France, Jean-Louis de Montesquiou, propose à ses patrons suisses de prendre, de toute urgence, des décisions draconiennes, dont celle de retirer les responsabilités de déontologue et de co-déclarant TRACFIN au directeur du département Droit et Conformité de la banque.

★ ★ ★

Début 2004, la tension atteint son paroxysme dans les bureaux de la direction générale d'UBS France. Le 26 janvier, le président du directoire de la banque « déclenche » une « cellule de crise », tandis qu'une « structure sécurité des personnes » est même mise en place avec la collaboration de la société Point Org Sécurité, spécialisée dans la protection des biens et des personnes. Le lendemain, l'auditeur interne est en réunion avec le département Crime Risque Contrôle d'UBS pour faire le point sur les affaires spéciales. Le 28 janvier, l'auditeur interne et le président d'UBS France reçoivent un appel téléphonique de la section antiterroriste de la Direction de la surveillance du territoire (DST) qui leur demande des renseignements, entre autres, sur le client nord-coréen Korean Foreign Insurance Company. Le 3 février, le correspondant du ministère de l'Économie et des Finances confirme à l'auditeur interne que le dossier UBS a été directement saisi par le secrétaire général de TRACFIN et que celui-ci réunira ses services Circuits financiers clandestins et Enquêtes sur le dossier UBS dès l'après-midi. Le 24 février, des déclarations de soupçons d'UBS sont validées sur les « dossiers Jaidi[1] », SNH camerounaise et Al Saud, et sont signées par le PDG de la banque.

On le voit, le rythme des enquêtes, des révélations de plus en plus inquiétantes, des déclarations de soupçon à TRACFIN et des informations transmises à la Brigade financière s'accélère. L'audit interne d'UBS France a le sentiment qu'il est submergé par le nombre d'« affaires spéciales » graves, parfois dangereuses, qu'une partie de la direction générale de sa banque a longtemps dissimulées.

Ainsi, Nicolas F. provoque, le 21 de ce mois, une « réunion en urgence de la cellule anti-blanchiment, suite à la remise d'un chèque de 10 millions de USD [dollars américains] à destination de Genève ». Or « le bénéficiaire du chèque est connu en France », car « il s'agit du Sheikh Khaled Bin Ibrahim Alibrahim, un des dirigeants et actionnaires de la société The Arab Palestinian Investment Co Ltd dirigée par Al Waleed Bin Talal Bin Abdulaziz Al Saud ». Le prince Al-Walid, né en 1955, propriétaire de la Kingdom Holding Company, est un membre de la

---

1. Il s'agit du consul général du royaume du Maroc à Paris, Abderrazak Jaïdi, qui a rang d'ambassadeur.

famille Al Saoud qui règne sur l'Arabie saoudite. Sa fortune a été évaluée à 19,6 milliards de dollars (15,3 milliards d'euros) par Forbes, en mars 2011, le plaçant au 26e rang des personnes les plus fortunées dans le monde. Le contrôleur de la banque déclare en urgence ce dossier aux services de TRACFIN. Mais, surtout, il proteste contre le « manquement grave et le non-respect de la procédure anti-blanchiment de la part du Front [sous-entendu "Front office" : service commercial au contact direct des clients] », car, sans une alerte opportunément lancée par un autre service de la banque, l'audit interne d'UBS France n'aurait jamais été saisi du dossier alors qu'il est déclarant et enquêteur TRACFIN officiel. Pourtant, il y avait, selon un rapport interne daté du 1er octobre 2004, un « risque avéré sur le dossier qui devait être traité en urgence »…

Au sujet des mouvements financiers suspects concernant de près ou de loin la famille princière saoudienne, un officier de la DCRI m'explique que les services occidentaux sont toujours particulièrement vigilants, depuis les attentats du 11 septembre 2001 qui ont obligé les enquêteurs américains à mettre au jour les richissimes circuits de financement de Ben Laden[1]. Ils y soupçonnent *a priori*

---

1. Al-Taqwa Bank, banque officieuse des Frères musulmans, basée aux Bahamas, en Suisse et au Liechtenstein, ainsi que sa filiale domiciliée à Lugano (Suisse), la Nada Management Organisation, sont considérées comme les principales « noircisseuses » des fonds issus des fortunes sans limites des princes d'Arabie saoudite. Mais d'autres établissements saoudiens sont cités par

du « blanchiment à l'envers » – dit aussi « noircissement » – de capitaux légaux qui, par cascade de virements sur des comptes non déclarés ouverts dans des paradis fiscaux et judiciaires, finissent par alimenter, au nom de la *taqwa* (piété), une multitude d'organisations islamistes ou d'agents de la diplomatie secrète des Saoud, dont les activités peuvent être *in fine* criminelles, voire terroristes.

Quelques jours plus tard, le 30 septembre, Nicolas F. est à nouveau en réunion avec les agents de TRACFIN pour faire un bilan sur l'activité antiblanchiment chez UBS France. Coup de théâtre, le « régulateur », c'est-à-dire l'agent de l'État avec lequel il correspond, lui indique que la source des problèmes d'UBS France vient d'une « organisation de type clanique qui a volontairement saboté le positionnement d'UBS France dans le cadre de la lutte contre le blanchiment et de ses relations avec les autorités de tutelle ». Ces graves accusations ne sont pas prises à la légère par l'audit interne de la banque, qui les consigne dans son compte rendu mensuel de septembre 2004. D'ailleurs, le 15 octobre, Nicolas F. est entendu pendant plus de quatre heures et demie par des officiers de la Brigade financière, au siège de ce service de police, rue du Château-des-Rentiers, dans le XIIIe arrondissement de Paris, à propos, entre

les spécialistes de l'anti-terrorisme comme étant particulièrement surveillés : outre la Saudi-Sudanese Bank, la puissante Dar al-Maal al-Islami Trust (Maison de l'argent de l'Islam) et le conglomérat Dallah al-Baraka (La Bénédiction), tous deux fondés et contrôlés par la famille royale.

autres, des comptes de la Société nationale des hydro-carbures du Cameroun[1]. Le ton des fonctionnaires est « directif et résolu », presque menaçant en réalité, lorsqu'ils affirment leur volonté de « faire la lumière sur des faits graves qui se sont passés au sein de [la] société » UBS France et quand ils évoquent le désagrément que représenteraient le « recours à des perquisitions dans les murs » de la banque et même « la possibilité de la perte de la licence d'exploita-tion » du groupe suisse en France.

★ ★ ★

Mais c'est une dernière « affaire spéciale », d'une dimension financière exceptionnelle, qui confronte Nicolas F. à des mouvements d'argent considérables entre UBS France et la Suisse, vers des comptes offshore non déclarés au fisc. En clair, à partir de l'été 2004, l'audit interne d'UBS France commence à mettre involontairement les pieds dans le plat – bien garni – de l'évasion fiscale.

Le 25 août 2004, l'audit interne rédige un premier procès-verbal confidentiel à propos d'un échange avec son correspondant TRACFIN, David Teisseire, lequel deviendra par la suite directeur adjoint de la direction départementale du Renseignement intérieur des Alpes-Maritimes (DCRI), en tant que commis-

---

1. Mémorandum confidentiel du 18 octobre 2004 faisant « compte rendu de l'audition de l'auditeur interne d'UBS France à la Brigade financière ».

saire de police, poste à partir duquel il continuera de suivre de près les activités d'UBS. Le dossier qui les mobilise alors est celui d'Altran, une société de services en ingénierie informatique (SS2I) qui compte aujourd'hui 17 000 collaborateurs travaillant dans seize pays.

Créée en 1982 par Alexis Kniazeff et Hubert Martigny, ce groupe leader sur le marché des SS2I a failli être brisé par les malversations auxquelles se sont livrés ses dirigeants au moins depuis 2002 jusqu'à leur mise en examen le 20 juillet 2004 par le juge d'instruction Philippe Courroye, alors au Pôle financier du tribunal de grande instance de Paris, pour « diffusion d'informations fausses et trompeuses, faux et usages de faux, présentation de comptes infidèles » ou encore pour « complicité » de ces chefs d'accusation, dans le cadre d'une enquête sur des fausses factures émises à hauteur de 100 millions d'euros en 2001 et 2002.

Après une longue bataille judiciaire et procédurale, les délits et les condamnations des fondateurs et principaux dirigeants d'Altran ont été confirmés en 2007. Le 16 janvier de cette année-là, le rapport de deux experts missionnés par le premier juge d'instruction Philippe Courroye décrit le groupe comme étant massivement tourné vers la réalisation de fausses factures, plus d'une centaine de cadres de la SS2I ayant été impliqués dans le gonflement du chiffre d'affaires. Le 29 mars 2007, la Commission des sanctions de l'Autorité des marchés financiers (AMF) condamne les patrons d'Altran, dont Alexis

Kniazeff et Hubert Martigny, à des amendes d'un million d'euros chacun. Le 23 juin 2009, la Cour de cassation rejette définitivement les pourvois déposés par les condamnés.

Au vu des montants modestes et des motifs limités des condamnations, il est évident que tout un pan des délits perpétrés par Alexis Kniazeff et Hubert Martigny a finalement échappé à la justice. Car le premier procès-verbal confidentiel de l'audit interne d'UBS France sur le dossier Altran (25 août 2004) indique que celui-ci « sera transmis au juge Courroye à la fin du mois d'août par les services de TRACFIN » et précise que « le juge s'intéresse au volet suisse de ce [dossier] ». Un « volet » qui n'apparaîtra jamais dans les sanctions de l'AMF, ni dans les motifs de mise en examen…

Pourtant, il y avait de quoi faire. Beth, ma source issue de la haute direction du groupe UBS, m'a donné une lettre destinée au seul secrétaire général de TRACFIN, datée du 11 août 2004, dont le contenu est pour le moins explosif. Il s'agit en réalité d'une « déclaration de soupçon sur les dossiers Kniazeff et Martigny », qui détaille sur cinq pages les opérations bancaires effectuées à partir des comptes de ces deux clients très spéciaux.

Ainsi, du 7 au 13 février 2002, les comptes respectifs d'Alexis Kniazeff et d'Hubert Martigny sont crédités, chacun, de 27,7 millions d'euros, du fait des ventes de deux fois 510 000 actions d'Altran Technologies, alors que « le parcours en Bourse de la valeur Altran Technologies depuis février 2002 [il s'agit d'une chute vertigineuse !] [permet de] s'interroger sur un accès privilégié à l'information financière de la société Altran » de la part de ses dirigeants. En clair, il s'agit sans doute d'un délit d'initié.

Plus intriguant encore, Alexis Kniazeff effectue, les 7 et 8 octobre 2002, des « opérations de transfert sortant » depuis son compte UBS France vers un compte d'UBS Genève, pour un montant total de 34 millions d'euros. Or, remarque la lettre ultraconfidentielle adressée au secrétaire général de TRACFIN, « ces virements sont effectués quelques jours avant la publication d'un article du journal *Le Monde* qui révèle les irrégularités comptables de la société Altran Technologies ». De son côté, Hubert Martigny se livre à la même évasion de sa fortune, entre le 28 février 2002 et le 23 janvier 2003, par des « opérations de transfert sortant » depuis son compte UBS France vers la banque Worms, un compte Geneva (Suisse), un compte de la banque Ippa & Associés (Luxembourg), un compte londonien, un compte de la banque Morgan à Bruxelles et surtout un compte UBS Genève, pour un montant total de près de 49 millions d'euros[1] !

Le 7 octobre 2004, le soupçon d'évasion fiscale se précise très clairement, en conclusion d'une « enquête complémentaire » menée par l'audit interne d'UBS France sur « des mouvements titres et cash » des comptes d'Alexis Kniazeff et d'Hubert Martigny entre 2001 et 2004. À propos d'Alexis

---

1. Le compte UBS Genève reçoit, à lui seul, 23 775 836 euros.

Kniazeff, le mémorandum confidentiel remis au patron opérationnel d'UBS France, Pierre Poyet, souligne qu'« à la suite d'une déclaration ISF (impôt de solidarité sur la fortune) en date de l'année 2002, [...] un certain nombre de comptes OFFSHORE n'apparaissent pas dans la déclaration fiscale ». Le document pousse même plus loin l'exposé des soupçons : « La banque se trouve confrontée à deux cas de figure : le client a effectué une fausse déclaration dans tous les sens du terme [...] ; le client a effectué des ouvertures de comptes OFFSHORE post-déclaration ISF 2002 et, dans ce cas, il serait important de connaître la date exacte de l'ouverture de ces comptes, notamment par rapport aux ventes de titres et aux transferts de cash qui l'ont suivie. »

C'est ce qui s'appelle avoir « visé en plein dans le mille » ! L'alerte majeure de l'audit interne trouve, presque sept ans plus tard, un premier développement judiciaire digne de ce nom. Le 12 mai 2011, l'ex-épouse d'Hubert Martigny, Carla Maria Tarditi, a déposé plainte contre X, avec constitution de partie civile, pour faux et usage de faux, abus de bien social, complicité et recel, blanchiment d'argent et fraude fiscale... Cette démarche vise ouvertement l'ancien époux lui-même, selon les déclarations de maître Claude Dumont-Beghi, l'avocate de la plaignante, qui dénonçait, fin mai 2011, une « stratégie confuse, voire opaque de M. Martigny en ce qui concerne l'aspect pécuniaire de toutes ces opérations, de l'origine des fonds, les flux financiers utilisés et l'implication active ou passive du pouvoir politique ».

Ces derniers propos sont lourds de menace, on le comprend bien. Mais de quoi s'agit-il précisément ? Le cofondateur d'Altran, par ailleurs adhérent de l'UMP, est en réalité soupçonné d'importantes manipulations financières dans le cadre de l'achat, puis de la location et enfin de la revente de la célèbre salle Pleyel, une des grandes scènes parisiennes de concert, le tout entre 2004 et 2009. En 1998, le Crédit lyonnais lui avait vendu celle-ci pour 10 millions d'euros. Hubert Martigny en confie alors la direction artistique et la gérance à son épouse, Carla Maria Tarditi, chef d'orchestre. Le 8 novembre 2004, avec l'aval du ministre de la Culture de l'époque, Renaud Donnedieu de Vabres, et aussi avec celui de l'Économie et des Finances, Nicolas Sarkozy, la Cité de la Musique signe un bail de location-vente de la salle pour cinquante ans, à raison de 1,5 million d'euros de loyer annuel, au terme duquel l'ensemble Pleyel devait devenir propriété de l'État, en 2054 donc, pour un dernier euro symbolique. La « bonne affaire » (une plus-value de 65 millions d'euros brut) intrigue certains, dont un fonctionnaire du service des Domaines, du ministère de l'Économie et des Finances, qui dénonce, plus tard, « un passage en force du cabinet Sarkozy », alors qu'il apparaît que Christian Ciganer, frère de Cécilia Sarkozy, s'était « occupé de l'ingénierie financière du projet[1] ».

---

1. Jacques Follorou, « Questions sur le rôle d'un beau-frère de M. Sarkozy dans la vente de Pleyel », dans *Le Monde* daté du 31 mars 2007.

Finalement, à la demande d'Hubert Martigny, l'État procède en avril 2009 à un rachat anticipé de Pleyel, pour un montant de 60,5 millions d'euros ! Le ministre du Budget de l'époque, Éric Woerth, par ailleurs trésorier de l'UMP jusqu'en juillet 2010, n'y voit aucun inconvénient... En revanche, l'ex-épouse d'Hubert Martigny jette, de son côté, le doute sur la régularité des montages et des flux financiers successifs dont elle a été en partie le témoin lors de l'achat, de la location et de la vente finale de la salle de spectacle, montages et flux qui auraient permis, selon elle, l'« évasion du patrimoine d'Hubert Martigny » dans des paradis fiscaux et vers des sociétés domiciliées à l'étranger et qui s'apparenteraient à des « techniques de blanchiment d'argent ». Au profit de qui ? Un examen approfondi des comptes listés, le 11 août 2004, dans la « déclaration de soupçon » d'UBS que Beth m'a donnée, ainsi que celui des mouvements d'argent opérés vers et surtout à partir de ces comptes suisses (UBS et Geneva), luxembourgeois (Ippa & Associés), belge (Morgan) et londonien, voire depuis d'autres comptes offshore ouverts depuis 2004, pourraient apporter au moins un commencement de réponse à cette question. Depuis le début de l'été 2011, le dossier est entre les mains particulièrement expérimentées de la juge d'instruction Sophie Clément.

D'autres pièces à conviction encore, dont je possède des copies, pourraient éclairer l'instruction de la juge parisienne. Ce sont, par exemple, ces deux photos prises le 7 mars 2007, lors d'une soirée-concert organisée par UBS (dont Hubert Martigny était – on l'a vu – un client de premier choix) à la salle Pleyel, privatisée pour l'occasion. L'« événement » fut considérable, réunissant près de 1 800 personnes, dont bien entendu « les plus gros clients de la banque », selon l'un des organisateurs, mais aussi plus de 80 « petits hommes verts », c'est-à-dire les chargés d'affaires suisses d'UBS…

Sur l'une des deux photos, prise à 19 h 45, on peut voir la foule des heureux invités se presser dans le hall d'accueil de la prestigieuse salle entièrement rénovée et rouverte depuis quelques semaines seulement. Parmi toutes ces personnes, Bruno Baudry, un chargé d'affaires suisse, est particulièrement reconnaissable. Sur une seconde image, prise au cœur de la salle de concert à 20 h 33, Dieter Kiefer, le patron suisse du Private Banking et du département « France International » d'UBS à Genève, pose tout sourire, selon une de mes sources au sein de la banque, au milieu d'une poignée de ses meilleurs « clients » français. Ces clichés très significatifs des activités « transfrontalières » d'UBS sont, depuis l'été 2011, en possession du Service national de douane judiciaire.

* * *

À partir de l'automne 2004, un embarras majeur se profile déjà à l'horizon judiciaire pour UBS France. L'auditeur interne de la banque fait effectivement l'erreur – du point de vue de ses patrons – de relever, à propos d'Alexis Kniazeff, que l'étude de son « dossier physique démontre une connaissance longue et approfondie du client de la part du chargé de clientèle historique », puisque « les premiers contacts [entre eux] remontent à l'année 2000 et bien avant l'ouverture officielle des comptes du client »[1]. D'ailleurs, de ce fait, la thèse de la défense d'Alexis Kniazeff et d'Hubert Martigny « sous-entend un système de conseil organisé et structuré sur lequel les clients se seraient appuyés » pour la gestion de leurs comptes, y compris pour « tous les mouvements cash ou titres » effectués au crédit ou à partir de ces comptes.

« Système de conseil organisé et structuré »... Quand il est question de soupçons de délit d'initié et d'évasion fiscale, ces mots sont lourds de sens. Très lourds. Beaucoup trop lourds, sans doute, pour être tolérés par la direction générale d'une filiale du plus grand groupe financier européen de gestion de fortune.

Nicolas F. ne va pas tarder à s'en apercevoir, car, à partir de septembre 2004, il connaît des difficultés de plus en plus nettes dans l'exercice de sa fonction d'auditeur interne. Un incident l'oppose, d'abord de façon feutrée, au président (suisse) du Conseil de surveillance d'UBS France, le 15 septembre 2004, après l'ouverture d'une « mission » d'audit sur le département Sports and Entertainment[2] Group (SEG) – Desk Complex International Executives de

1. Mémorandum confidentiel du 7 octobre 2004.
2. Littéralement : « sports et divertissement ».

la banque, département qui fait alors fonction de porte-avions commercial pour vendre de l'évasion fiscale à de très nombreux clients ou « prospects »[1] fortunés.

Le 15 septembre 2004, donc, à huit heures et quart du matin, une réunion téléphonique entre Nicolas F. et Dieter Kiefer, président [suisse] du directoire d'UBS France, tourne rapidement au vinaigre. En effet, le haut dirigeant informe l'auditeur interne que Caroline Duret, responsable du département SEG France, « est intervenue auprès de son responsable suisse, Philippe Wick[2], pour se plaindre de l'audit sur le département SEG France ». Marchant sur des œufs, Dieter Kiefer « attire l'attention de l'audit interne sur les précautions qu'il faut prendre vis-à-vis de Mme Duret ». Il franchit même un pas de plus dans son intervention sur l'enquête tout juste commencée en encourageant Nicolas F. à « apercevoir les intérêts du groupe dans ce dossier[3] ».

Cette démarche d'avertissement à peine voilé est aussitôt vouée à l'échec. Elle produit même un raidissement du chef de l'audit interne d'UBS France qui dit aussitôt « se poser des questions quant à cette intervention » dont il réfère au directoire de la banque, avant d'écrire qu'il « est en attente du positionnement » de celui-ci.

---

1. Soit des clients potentiels, en jargon marketing.
2. Il démissionnera en avril 2008.
3. Compte rendu de l'audit interne d'UBS France, septembre 2004, daté du 1er octobre 2004, p. 7 et 8.

À partir de ce jour de mi-septembre 2004, un conflit larvé est manifestement ouvert entre l'audit interne d'UBS France et presque tout le restant de la banque, y compris la direction générale. Dès le 15 septembre après-midi, entre 15 h 30 et 16 h 30, un « point de débriefing sur la mission SEG » évoque une « problématique fiscale élevée ». Le lendemain, après l'analyse de six premiers dossiers de clients contactés et gérés dans le cadre des activités mondaines du département Sports and Entertainment Group (SEG), Nicolas F. relève que « deux dossiers ont déjà fait l'objet de contrôles fiscaux, ce qui renforce le risque sur UBS France ».

Mais la hache de guerre est réellement déterrée le 17 septembre 2004, lors d'une réunion de deux responsables de l'audit interne avec le DRH de la banque. « L'attitude de la chef de SEG France » et des « propos très graves tenus à l'encontre de Nicolas F. » sont dénoncés. Les deux cadres enquêteurs vont même jusqu'à menacer : « Attention au refus de collaborer et à la possible transformation [de ce refus] en DÉLIT d'ENTRAVE », écrivent-ils, en sortie de réunion.

4

« Fichier vache »
et « carnet du lait »

« Tu sais, ma rose, qu'on appelle la Suisse
le coffre-fort muet
de l'argent que l'on a fait fuir de quelque
part, de quelque chose.
Et puis, ma rose,
il y a aussi l'affaire des espions et des vaches
brunes.
Espions et vaches brunes épanouis, bien à l'aise,
depuis que la Suisse est entrée
au paradis de la neutralité. »

Nazim Hikmet (1901-1963).

*Quatrième chapitre, où je découvre l'existence d'un
« carnet du lait » et d'un « fichier vache », comptabilité
clandestine des opérations d'évasion fiscale organisées
par plusieurs dizaines de chargés d'affaires d'UBS sur
tout le territoire français. Le dévoilement progressif
de ces délits m'est aussi raconté par un cadre
supérieur de la banque, toujours en poste, dont la
lucidité relativement tardive va transformer sa vie*

professionnelle en enfer, à partir de juillet 2008. Celui-ci a, en conséquence, livré un véritable réquisitoire à la justice où il dénonce un « système », tandis qu'une représentante du personnel d'UBS attend en vain l'ouverture d'une instruction judiciaire suite à une plainte qu'elle a déposée au parquet de Paris en décembre 2009 et qui révèle pourtant une fraude fiscale annuelle de plusieurs centaines de millions d'euros.

La première fois que nous nous sommes rencontrés, en novembre 2011, j'ai tout de suite pensé au « dresscode UBS » que m'avait remis Beth, à Lausanne, quelques jours plus tôt. La quarantaine soignée, le cadre supérieur dynamique d'UBS France, auquel j'avais donné rendez-vous place de la Bourse, à Paris, avait pourtant, à y regarder d'un peu plus près, le visage marqué par une profonde lassitude, presque par du dégoût. Lors de cette entrevue, dans une brasserie située entre l'Agence France Presse (AFP) et l'immeuble cossu du *Nouvel Observateur*, je n'ai pas vraiment eu le cœur d'ironiser sur cette discipline intime que Guimel – ainsi je l'appellerai désormais – semblait respecter scrupuleusement.

Le jeune homme, « brillant manager » selon Beth, n'avait pas accepté de me rencontrer pour échanger seulement des plaisanteries. Lui aussi, comme Beth, ne tolère plus de « couvrir les dérives délictueuses » d'une banque qu'il a intégrée, avec beaucoup de fierté, pratiquement dès son ouverture à Paris, en 1999. « Sans m'en rendre compte, pendant plusieurs années, j'ai participé à organiser, à mes risques et périls, les conditions d'une évasion fiscale phénoménale, à Paris, mais aussi à Strasbourg, Bordeaux, Lyon, Toulouse, Lille et Cannes », me dit-il immédiatement, pour m'expliquer son motif à participer au dévoilement du phénomène[1]. « La direction générale d'UBS, à Paris, Genève ou Zurich, vis-à-vis de laquelle j'ai long-temps été d'une loyauté absolue, travaillant comme un damné, au point de déglinguer ma vie conjugale et même ma santé, la direction générale nous a cyniquement enfermés, moi et de très nombreux collègues français, dans l'engraissement d'un "carnet du lait" dont nous n'avions aucune connaissance. »

« Un carnet du lait ? », ai-je relevé, faisant comme si j'entendais ces mots pour la première fois. « Oui, c'est bien son nom. Et je vais aussi vous parler du fichier "vache" », me répond-il, non sans une pointe de malice. « Mais avant tout, ajoute-t-il alors aussitôt, je tiens à vous préciser que je vous ren-contre au nom de plusieurs cadres et anciens cadres d'UBS France qui ont participé à la rédaction d'une note adressée à l'Autorité de contrôle prudentiel (ACP) de la Banque de France, en mai 2009, puis en décembre 2010 et enfin en octobre 2011, note qui précise l'essentiel des tenants et aboutissants de l'évasion fiscale organisée par UBS en France. »

Joignant le geste à la parole, Guimel me donne une forte enveloppe kraft dans laquelle je trouve six pages d'un texte rédigé en style presque télégraphique,

1. Entretien du mardi 15 novembre 2011.

adressées à Florence Mercier-Baudrier, chef de mission au Contrôle sur place des établissements de crédit et entreprises d'investissement, au sein de l'Autorité de contrôle prudentiel de la Banque de France. Le titre du document et son premier paragraphe ont le mérite d'être sans ambiguïté : « Évasion fiscale au sein d'UBS France... [...] La Banque UBS France a procédé, de 2002 à 2007 au minimum, à la mise en place d'un système d'évasion fiscale principalement de la France vers la Suisse reposant sur un processus de double comptabilité. »

Le deuxième paragraphe de la note destinée aux enquêteurs de l'ACP enchaîne : « Le *carnet du lait*[1] était et est un système manuscrit ou tenu sous forme informatique Excel [plusieurs ordinateurs de la banque sont signalés comme recélant ce type de fichiers tableurs] *via* le *fichier "vache"* destiné à recueillir les opérations d'ouvertures de comptes non déclarés [au fisc français] en Suisse ou sur tous les territoires offrant des garanties de secret bancaire et avantages fiscaux. » Dans un mémoire adressé au ministère du Travail, le 18 février 2010, par l'avocat de la secrétaire du Comité d'hygiène, de sécurité et des conditions de travail (CHSCT) d'UBS France, la signification de cette terminologie bucolique d'une comptabilité clandestine est plus vertement expliquée : « Le "carnet du lait" signifie donc traite de la vache (à laquelle la France est assimilée)... »

---

1. Figurent en italiques les passages soulignés par moi.

★ ★ ★

Mais Guimel ne me laisse pas le temps de lire plus avant le document. Il veut d'abord me raconter son histoire. D'un ton posé, il me parle de ses parents, des enseignants « à la Jules Ferry, stricts, rigoureux », qui lui ont inculqué dès l'enfance « un sens du travail, de l'éthique, du respect de l'autre et de la dignité qui paraît aujourd'hui bien démodé ». Après de solides études, les voyages formant la jeunesse, le « fils de profs » a travaillé pendant huit ans à Londres, puis aux États-Unis, à Boston, au Moyen-Orient, « avec des Libanais, des Syriens, des Saoudiens, des Égyptiens et des Jordaniens ». On ne pouvait rêver meilleur formation de terrain aux grandes affaires internationales.

Lesté de ce premier bagage professionnel un peu exceptionnel chez les cadres français, Guimel n'a pas eu beaucoup de difficulté pour se faire embaucher chez UBS France qui ouvrait, en grande pompe, sa filiale Wealth Management (Gestion de fortune) à Paris, dès 1999. Il se souvient, avec plaisir : « J'étais en relation directe et constante avec le président du directoire de l'époque, Jean-Louis de Montesquiou. UBS France comptait tout juste une quarantaine de personnes. C'était la start-up dans toute sa splendeur, avec une ambiance euphorique, une dynamique, l'envie de tous de travailler pour une marque de très grand prestige. Nous disposions de moyens financiers exceptionnels et beaucoup de mes collaborateurs me rapportaient des notes de frais aux montants illimités, sans que je me pose alors beaucoup de questions, je l'avoue, sur les raisons d'une telle générosité des investissements du groupe suisse dans le lancement de sa filiale française. »

À partir de l'an 2000, et jusqu'en 2007, la banque monte en puissance. Elle implante rapidement des « bureaux » à Lyon, Marseille, Bordeaux, Nantes et Lille, ce qui génère « une énorme charge de travail, avec de nombreuses soirées passées au bureau, de la présence le week-end sur certains événements de relations publiques à vocation commerciale et une bonne cinquantaine de déplacements à travers toute la France, chaque année ». Fin 2007, UBS France emploie désormais quelque 500 collaborateurs et les événements sportifs, artistiques et mondains organisés par la banque connaissent, de plus en plus, « une incontournable notoriété chez tous ceux qui comptent dans notre pays, capitaines d'industries, personnalités – on dit "people", ironise Guimel – du spectacle, de la politique et du sport ».

Mais, sans qu'il s'en rende compte aussitôt, le jeune cadre supérieur, sans doute aveuglé quelque temps par son éducation « à la Jules Ferry », va finir par mettre les pieds dans le plat. Un premier épisode pénible lui revient en mémoire : « En rentrant d'un voyage aux États-Unis, en 2006, j'ai parlé librement avec Patrick de Fayet, notre directeur de la Gestion privée, de ce qui se passait aux USA pour UBS. Je lui ai raconté que la presse américaine faisait ses gorges chaudes sur le fait qu'UBS pouvait commettre des opérations douteuses ou non conformes, qu'il était question de fraude fiscale organisée. Je me suis même permis de lui faire part, en toute confiance, de mes inquiétudes sur les pratiques de ce que nous appelions nos "desks offshore" de Miami et de New York... Les réponses de mon patron ont été cinglantes. En substance : je ne connaissais rien à la finance et surtout je devais me mêler de ce qui me regardait ! » Guimel est resté sidéré par la brutalité inattendue d'une telle répartie dans ce qu'il pensait n'être qu'une conversation de pause-café entre collègues décontractés.

En octobre 2006, le jeune cadre supérieur parisien avait rencontré à Zurich, lors d'une formation, deux chargés d'affaires d'UBS américains basés à Miami et qui étaient accompagnés de clients, de même qu'il avait aperçu, à la même occasion, « un entrepreneur français très connu » en chaleureuse discussion avec un chargé d'affaires suisse d'UBS. « Cela m'avait fait me poser certaines questions », convient-il aujourd'hui.

Dès lors, l'ambiance vire progressivement à la suspicion. Au cours de l'été 2007, Guimel participe encore, cependant, à une conférence téléphonique avec son patron, Patrick de Fayet, la DRH d'UBS France, Béatrice Lorin et leur « line manager », Joëlle Mondo, très puissante directrice du marketing Western Europe, basée à Genève. Le jeune homme éclaire ma lanterne : « Western Europe regroupe, à l'époque, la France, l'Espagne, Monaco, mais aussi France International et Iberia International.

Ces deux entités "International" géraient en réalité l'offshore, c'est-à-dire des avoirs français et espagnols placés sur des comptes en Suisse, qu'ils soient déclarés ou non. » À la même époque, Guimel participe aussi à un séminaire, à Genève, au cours duquel on lui projette « un Powerpoint expliquant comment passer la frontière franco-suisse et aussi ce qu'il convient de faire, mais surtout de ne pas dire, si nous nous faisions contrôler par les douaniers ». On lui précise même que dans cette éventuelle situation délicate, il est impératif de bloquer en urgence l'accès à son téléphone mobile en l'éteignant, en le rallumant et en effectuant trois saisies successives de codes PIN erronés…

En juin 2006, un véritable manuel d'agent secret avait effectivement été remis par le groupe UBS à ses commerciaux suisses opérant illégalement en France. Sous le titre explicite de « Security Risk Governance », ce document confidentiel énumérait, sur dix pages, les précautions à prendre : ne jamais avoir aucun nom de client sur soi sous forme papier ou électronique ; connaître les manœuvres préconisées pour faire disparaître les données sensibles en cas de contrôle ; ne jamais utiliser le même hôtel que la plupart des employés de la banque ; tenter d'être aussi imprévisible que possible (changer souvent de restaurants, de compagnies de taxis, de lieux de rendez-vous avec les clients) ; ne pas oublier de faire disparaître à nouveau les données sensibles dès qu'on refranchit la frontière ; lors de voyages avec un collègue, avoir toujours une histoire à raconter en cas de questions posées par les autorités quand on quitte la France...

À l'été 2007, Guimel commence peu à peu à comprendre qu'une de ses collègues a été missionnée pour surveiller Stéphanie G., la responsable des relations publiques de la banque, et même pour lui demander, au nom de la direction générale, de commettre des actes délictueux de dissimulation, voire de destruction des preuves de l'évasion fiscale orchestrée par UBS France. Il s'offusque : « Déjà, avant l'été, Catherine D. nous avait informé, très alarmée, d'une visite de la Brigade financière dans nos locaux. Les policiers auraient fait, selon elle, une copie du disque dur de l'ordinateur de notre directeur, Patrick de Fayet. À partir de juillet 2008, elle a aussi demandé à Stéphanie G., à plusieurs reprises, de détruire les fichiers Excel du service Marketing et même, à un moment donné, de reformater tout le disque dur où se trouvaient les documents marketing, lesquels comportaient les noms des clients et des prospects de la banque, mais aussi ceux des chargés d'affaires suisses et de leurs "invités" français aux événements sportifs, artistiques ou mondains que nous organisions à longueur d'année. »

Guimel finit par faire le lien entre l'inculpation américaine de Raoul Weil, « notre *big boss* à Zurich », son interdiction de séjour aux États-Unis, les 2,5 millions de dollars d'amende infligée à UBS pour évasion fiscale, et la « visite » de la Brigade financière dans les locaux parisiens de la banque, les invitations régulières et « extrêmement stressées » faites à sa collègue d'effacer tous ses fichiers… C'est aussi quelques semaines plus tard que le jeune cadre supérieur apprend que tous les fichiers de Stéphanie G. ont finalement été vidés de leur compromettante substance, entre juillet et octobre 2008. Peine perdue, cependant, pour les dissimulateurs et destructeurs nocturnes des fichiers de la collègue de Guimel ! Ceux-ci sont toujours présents, en pièces jointes, dans les e-mails conservés dans la boîte Outlook de Stéphanie G. et ils ont été « mis à l'abri, sous forme papier, dans les dossiers correspondants aux affaires qui inquiétaient tellement [s]a haute hiérarchie »…

Lors de notre deuxième rencontre, fin novembre 2011, Guimel m'a paru mieux disposé à entrer dans le détail des « invitations » qui ont été faites à sa collègue, en 2008, de détruire les preuves d'opérations d'évasion fiscale qu'elle possédait. Ainsi, il me raconte qu'après l'organisation d'un événement à Marseille, en avril 2008, au Club La Pelle, « un club de voile très select », par « nos collègues suisses », avec « la collaboration de nos collègues marseillais », sa direction a demandé à Stéphanie G. de « détruire tous les e-mails y afférant, c'est-à-dire de faire comme si [elle] n'étai[t] pas au courant que l'événement avait eu lieu ». De même, en octobre 2008, alors qu'une « présentation financière avait été organisée par les Suisses au château du Tertre (Margaux, grand cru classé), à Arsac (Gironde), avec l'accord du directeur du bureau UBS France de Bordeaux », la direction a demandé de détruire la maquette du carton d'invitation, mais aussi « tous les e-mails envoyés à ce sujet au desk de Bordeaux », oubliant tout de même de mentionner la facture détaillée de l'organisation de ce bel événement œnologique et gastronomique qui est toujours soigneusement classée dans les archives de la banque.

Il semble d'ailleurs que ces agapes franco-suisses au château du Tertre ont semé, à l'automne 2008, une belle panique à Paris et Zurich. Guimel me raconte que Stéphanie G. était à Casablanca, le 5 octobre, lorsqu'elle reçoit un appel de l'assistante du desk UBS de Bordeaux. Celle-ci lui fait part d'un échange très dur avec la direction parisienne lui expliquant que l'événement ne pouvait pas avoir eu lieu, parce qu'aucun événement commercial ne pouvait être organisé en France par la Suisse. De fait, cette pratique est totalement illicite… « As-tu bien compris ? » s'était-elle même entendue demander en conclusion de cette mise en garde. Ce à quoi l'assistante bordelaise avait courageusement répondu qu'elle avait gardé les e-mails de Stéphanie G. lui indiquant qu'elle avait reçu l'ordre de détruire tous les échanges qui avaient eu lieu entre elles pour l'organisation des festivités bordelaises. Un an plus tard, l'assistante en question avait quitté UBS. Le jeune manager parisien commente : « Mon ressenti, à l'époque, est que la banque cherchait à se débarrasser des collaborateurs qui en connaissaient un peu trop sur les pratiques de démarchage des chargés d'affaires suisses en France. »

Finalement, en octobre 2010, Guimel m'explique que sa collègue Stéphanie G. en est arrivée à rédiger une déposition auprès de la justice. Les termes de celle-ci sont particulièrement nets : « À plusieurs reprises, ma chef de service m'a demandé de détruire des fichiers Excel, fichiers contenant le nom de clients ou prospects de la banque ainsi que le nom de leurs chargés d'affaires, français ou suisses, et les réponses "Présent(es) / Absent(es) / Accompagné(es) de". Ces demandes ont été répétitives, fréquentes. Je me suis rendu compte un jour que le contenu de ces fichiers avait été expurgé. J'ai donc contacté une de mes collègues pour savoir si elle l'avait elle-même effacé (la réponse a été négative). […] Le contenu de ces quelques centaines de fichiers avait bien disparu. Il est probable que cela soit transparent pour les équipes informatiques de Paris puisque mon poste est vraisemblablement géré depuis Zurich. La souris [le curseur sur l'écran, en fait] de mon ordinateur bouge seule, sans que je la touche, et ce depuis fin 2008. Mon ordinateur est suivi, cela ne fait aucun doute. Une personne de l'équipe informatique de Paris m'avait dit ne pas avoir la main sur mon PC ; le disque dur de celui-ci est bizarrement aussi tombé en panne, irréparable, juste après mon courrier de décembre 2008 au président d'UBS France [où Guimel dénonçait les pressions dont il était l'objet]. »

Malheureusement pour les dirigeants d'UBS, et heureusement pour le Service national de douane judiciaire qui en a profité depuis l'été 2011, Stéphanie G. avait pris tout de même quelques précautions dont elle a aussi fait part, par écrit, à la justice. On y lit : « Je détiens plusieurs clefs USB, plusieurs DVD gravés des documents Excel contenant des informations sur des clients & prospects de la banque en France et en Suisse. Salarié de la banque depuis septembre 1999, mon métier a consisté à organiser, gérer, mettre en place des actions de partenariats et d'événements pour recevoir des invités. Étaient présents sur nos événements des chargés d'affaires français et suisses (tournois de golf, concerts, expositions…). Je n'ai appris que fin 2007 – précisément quand l'affaire Birkenfeld a éclaté aux USA – qu'il était strictement interdit que les chargés d'affaires suisses se déplacent en France, démarchent des clients français sur le territoire français. Je l'ai ignoré pendant huit années, la banque ne me l'avait jamais précisé. C'est alors que j'ai compris que j'avais été mis en risque sans le savoir. J'ai compris pourquoi ce branle-bas de combat avait lieu dans la banque. C'est pour cela qu'il fallait que les fichiers disparaissent, c'est pourquoi les chargés d'affaires qui travaillaient avec leurs homologues suisses ont en grande partie été intégrés au PSE [plan dit de "sauvegarde de l'emploi", c'est-à-dire licenciement collectif] de 2009. […] Nous avons tous fait partie d'un système organisé. En mettant bout à bout nos actions, nos compétences, nos métiers, nous avons compris que ce système n'était pas juridiquement ni déontologiquement correct. »

***

Dès lors, je suis entré posément dans la lecture de la note que m'avait remise Guimel, lors de notre premier rendez-vous, place de la Bourse.

Première information, ce document destiné aux contrôleurs de l'Autorité de contrôle prudentiel de la Banque de France explique la fonction du « carnet du lait » et du « fichier vache », en pointant le doigt vers deux premiers « membres du management [d'UBS] plus particulièrement impliqués », selon ses rédacteurs, dans l'évasion fiscale : « Mme L. G., ex-directrice financière d'UBS France et actuellement DRH. Elle a participé à la mise en place du système permettant la dissimulation des opérations financières par netting[1] des flux, avec M. Dieter Kiefer en 2002 (ancien président du conseil de surveillance d'UBS France), et à la mise en place du carnet du lait dès 2002/2003. » Or « le carnet du lait était et est [toujours] un système manuscrit ou tenu sous forme informatique *via* le "fichier vache", destiné à recueillir les opérations d'ouverture de

---

1. Le « netting » est une méthode comptable de compensation financière entre une banque et une de ses filiales, par exemple, dans le cadre de la consolidation des comptes. Ainsi, un défaut de chiffre d'affaires officiel d'un côté (France), et donc de commissions commerciales visibles, peut être compensé par une dotation groupe. L'important déficit permanent d'UBS France, depuis sa création en 1999 (je dispose de tous ses bilans annuels), n'a jamais refroidi l'investissement de sa maison mère suisse dans sa filiale parisienne. En pure perte ?

comptes non déclarées en Suisse ou sur tous les territoires offrant des garanties de secret bancaire et avantages fiscaux. Les chargés d'affaire français reçoivent ainsi, *via* ce système mensuel ou trimestriel [de comptabilité clandestine], la garantie de la reconnaissance comptable de leurs opérations sans trace de flux dans les outils officiels de la banque, leur permettant ainsi de réaliser leurs objectifs de chiffre d'affaires en termes de collecte (Net New Money) et de toucher leur bonus de fin d'année, indexé entre autres à l'objectif de collecte [de fonds destinés à l'évasion fiscale] ».

D'autres témoins que Guimel me feront aussi part, à Paris, Strasbourg et Cannes, de l'existence de ce fameux « carnet du lait » (lire les chapitres suivants). Parfois, il s'agissait tout simplement de bons vieux cahiers ou de carnets qui étaient régulièrement remis par chaque commercial à l'assistante du responsable du desk régional d'UBS France pour lequel il prospectait la riche clientèle candidate éventuelle à l'offshore bancaire. À partir de ces relevés manuscrits, les assistantes saisissaient les chiffres d'affaires dans un tableur Excel confidentiel souvent intitulé « vache », dans lequel figure, à chaque ligne, le nom du commercial, celui de son client, le montant et la date du premier dépôt sur un nouveau compte UBS ou du nouveau crédit sur un compte déjà ouvert. Et c'est sur cette base de comptabilité fantôme que les directions générales d'UBS France et d'UBS Groupe (Suisse) établissaient le chiffre d'affaires réel global (comprenant les dépôts offshore non déclarés) et détaillé des commerciaux français et suisses travaillant en France, afin de leur redistribuer équitablement leurs commissions respectives sur ces affaires.

Ainsi, le 15 octobre 2007, Serge H., le directeur du bureau strasbourgeois d'UBS France, écrit un e-mail très embarrassé à François V., responsable de la conformité et « déontologue » de la banque, par ailleurs membre de son directoire : « J'ai eu à plusieurs reprises l'occasion de m'exprimer envers toi sur les ambiguïtés relatives aux ATA internationaux [formulaires de comptabilité des transferts de fonds], historiquement appelés "le carnet du lait". Je me permets donc aujourd'hui de te saisir officiellement sur les incertitudes, voire les contradictions véhiculées par ce type d'ambiguïté volontaire à travers les procédures orales, les procédures codées, voire les procédures par voie de texto sur les téléphones portables. Pour ma part, ce type d'attitude m'indispose profondément et, en tout cas, ne me permet pas de me sentir totalement à l'aise pour exercer dans un cadre déontologique strict ma profession. Je souhaiterais donc te saisir officiellement face à ces problématiques et reste à ta disposition pour répondre à toute convocation officielle afin que tu puisses m'expliquer plus en détail la position de la banque face à ces risques qui de mon côté me paraissent évidents. »

Il va sans dire que le banquier scrupuleux n'a jamais reçu de réponse satisfaisante. Aussi, le 20 mai 2010, il rédige une attestation de témoin, manuscrite, en vue de sa production en justice, où il met complètement les points sur les « i » : « Je certifie avoir à de multiples reprises signalé les incohérences, absurdités et risques liés à l'activité transfrontalière. Plusieurs autres méthodologies ont remplacé la procédure [normale], pour aboutir à une procédure dite du "carnet du lait". D'autres cadres supérieurs de la banque se sont également opposés à cette procédure du "carnet du lait", qui consistait à réaliser trimestriellement, manuellement et hors comptabilité, du netting de flux *off* et *on shore*. L'objectif était de pouvoir faire reconnaître aux commerciaux [rémunérés pour une grande part à la commission…] l'intégralité des flux d'activités, même les flux illégaux… »

En septembre 2007, c'est au tour d'Omar B., directeur du bureau UBS France de Cannes, de porter, dans un « mémo », le couteau dans la plaie : « Pourquoi a-t-on mis en place un système manuel de reportings trimestriels [le "carnet du lait"] ? La réponse est simple : mélanger le bon grain et l'ivraie, cacher l'activité illicite au sein de la légitime activité. […] Il s'agit en effet d'un système organisé d'évasion de capitaux de France vers la Suisse, qui a commencé de manière structurée en 2002. Ce système est monté en puissance à partir de 2004, sans être entravé par l'arrivée d'un nouveau déontologue (François V., membre du directoire). Une pression insistante du groupe UBS relayée par le management d'UBS France s'exerce sur les banquiers français pour coopérer avec la maison mère... Conscient de la gravité de mes propos et de la nécessité de les étayer, je tiendrai le moment venu les preuves de mes affirmations à la disposition de toute autorité. »

Dès lors, les actes de rébellion se multiplient chez les cadres supérieurs d'UBS France, au prix, souvent, de leur emploi. Le 27 mai 2010, c'est au tour d'Hervé d'H., ex-directeur du bureau lillois d'UBS France, de témoigner qu'il a « eu connaissance de pratiques de transfert de fonds non déclarés », qu'il a assisté au « démarchage actif par des chargés d'affaires suisses de clients français » et à « des réunions où il a été déclaré que le carnet du lait comportait des opérations illicites », qu'il a « entendu parler de transferts de fonds non déclarés ». Le banquier de Lille conclut sa déposition par ce commentaire : « La Suisse est le coffre-fort de différents pays. »

Le même jour, le directeur du bureau UBS France de Bordeaux, Jean-Michel B., confirmait aussi les accusations de ses collègues en déclarant qu'il était « au courant de pratique dites illégitimes, évasions fiscales entre la France et la Suisse ». Pis encore, il affirmait, à propos du directeur de la conformité d'UBS France, membre du directoire : « Il était au courant des opérations illicites. À notre niveau, nous l'avons alerté de pratiques illicites. J'ai participé à des réunions où était évoqué le transfert de fond sans déclaration. Le carnet du lait ne comportait aucune opération licite. »

★ ★ ★

Bien entendu, la direction générale d'UBS France n'a de cesse, depuis les protestations de certains de ses cadres, d'opposer un démenti catégorique à la moindre information concernant l'évasion fiscale. Elle s'est même montrée féroce, en 2010, en traînant la secrétaire du Comité d'hygiène, de sécurité et des conditions de travail (CHSCT) de la banque au tribunal de police de Paris pour « diffamation non publique », parce que celle-ci fait mention, dans le procès-verbal de la réunion du 30 juin 2009 de ce comité, de « fraude fiscale », d'« instructions de destruction » de « tout document pouvant être mal interprété », de « destruction de preuve », de « harcèlement de collaborateurs récalcitrants » à pratiquer du démarchage en vue d'évasion fiscale et, enfin, d'« obstruction de la justice »… Mais mal lui en a pris, car le tribunal de police l'a déboutée, par « jugement au fond », le 27 septembre 2010, et a déclaré la secrétaire du CHSCT « non coupable de l'ensemble des faits qui lui [ont été] reprochés ».

Pis encore, cette tentative d'intimidation sur une représentante du personnel a semblé être un vain contre-feu à une procédure judiciaire dont les conséquences risquent d'être dévastatrices pour la direction d'UBS France et même pour le groupe suisse. Le 10 décembre 2009, l'élue du CHSCT a déposé une plainte au parquet du tribunal de grande instance de Paris, dans laquelle elle « dénonce un certain nombre de faits graves susceptibles de constituer des infractions pénales commises tant à mon préjudice qu'à celui de l'État français (Trésor public) notamment par les dirigeants de la banque UBS France SA avec la complicité de ressortissants suisses demeurant sur le territoire de cet État ».

Cette procédure, enregistrée au parquet de Paris le 10 septembre 2010, relate précisément comment la direction d'UBS a donné l'ordre de destruction de documents à plusieurs collaborateurs de la banque, « ordre de destruction [qui] faisait suite à une perquisition et à la nécessité de tenter d'occulter des faits de démarchage financier [illégal] opérés par des collaborateurs suisses avec l'aide d'UBS France[1] et d'organisation de fraude fiscale[2] ». Il dénonce les lourdes pressions qui se sont exercées sur l'auditeur interne de la banque parce qu'il refusait d'« occulter l'existence d'une comptabilité manuscrite parallèle relative aux avoirs placés en Suisse par des clients français à la suite d'actes de démarchage organisés » et alors que « cette activité illicite dénommée "carnet du lait" par la direction a généré une fraude de 274,8 millions d'euros pour la seule année 2006 »[3].

1. Complicité de démarchage financier par aide et assistance en faveur d'une banque étrangère (suisse) en violation des dispositions des articles 342-1 et suivant du Code monétaire.
2. Destruction ou altération de preuves d'un délit : faits réprimés par l'article 434-4 du Code pénal.
3. Fraude fiscale et blanchiment d'argent en bande organisée au préjudice de l'État français : délit réprimé par les articles 324-1 du Code pénal et 1741, 1741 A, 1750, 1772 1-1, 57 du Code général des impôts.

La plainte de la secrétaire du CHSCT d'UBS France finissait de s'adresser au procureur de la République du parquet de Paris par une demande à être « entendue dans les meilleurs délais, vu l'urgence et le risque de disparition de preuves », mais aussi « sachant que les cabinets des trois avocats en charge des intérêts de trois salariés licenciés (parce que dénonciateurs des fraudes de la banque) ont été soit cambriolés, soit incendiés ». Les accusations importantes portées par la plainte, la proposition de la plaignante de fournir documents et témoignages probants ainsi que la gravité des menaces pesant sur tous ceux qui participaient à la dénonciation des délits perpétrés par UBS en France n'ont manifestement pas ému outre mesure le parquet de Paris. Aucune instruction judiciaire n'a été ouverte, à ma connaissance, suite à la plainte de l'élue, laquelle a finalement été licenciée de la banque en janvier 2012 après plusieurs années de harcèlement.

Pourtant, les faits rapportés par la jeune femme ne sont que la partie émergée de l'iceberg « évasion fiscale » chez UBS, un iceberg qui dérive lourdement dans tous les pays, nombreux, du monde où la banque suisse est représentée. Un courrier adressé le 17 juillet 2009 au président du groupe par un de ses anciens cadres français, par ailleurs actionnaire, dont je possède une copie, donne la mesure complète du phénomène : une activité « industrialisée » ! Ce document accuse le groupe bancaire d'avoir créé, sous la dénomination d'UBS WMI (pour Wealth Management International, soit Gestion internationale de fortune), un département mondial de commercialisation de services bancaires offshore, commercialisation qualifiée de « Cross Border » (traversée des frontières) : « Je ne vous cache pas ma surprise d'avoir rencontré à Londres, déclare l'actionnaire du groupe, des chargés d'affaires d'UBS WMI Zurich qui se livrait à la même activité Cross Border sur la Grande-Bretagne [que ceux que le rédacteur de la lettre avait rencontrés en France] et qui m'ont directement démarché en vue de mon retour en France. Je ne vous surprendrai pas non plus quand vous verrez dans mon dossier que j'ai été mis en contact avec les équipes UBS WMI Lugano qui nous ont expliqué leur activité Cross Border sur l'Italie. Enfin, en 2007, j'ai rencontré à Genève les équipes UBS WMI Turquie, UBS WMI USA et UBS WMI Canada (rue du Rhône)… J'attire votre attention sur le fait que certaines preuves que nous avons déposées chez un huissier en janvier 2009 ont déjà disparu des serveurs d'UBS France, dont la direction semble avoir voulu faire disparaître toute preuve. Je maintiens donc mes propos : l'activité Cross Border d'UBS AG n'était pas exclusivement et minoritairement dédiée aux États-Unis. C'est une activité qui a été industrialisée par la création des équipes Core Affluent dans le monde entier. »

Dans le monde entier, et en France en particulier.

5

Les jeux et le cirque

« Si la justice vient à manquer, que sont les
royaumes, sinon de vastes brigandages ? »

Saint Augustin,
La Cité de Dieu, IV, 4.

*Cinquième chapitre, où nous découvrons que la
centaine de concerts, d'événements sportifs, de
réunions mondaines et d'autres festivités organisés
chaque année par UBS en France servait à couvrir
le démarchage d'une clientèle riche et brillante
à destination finale de l'ouverture ou de gestion
de comptes non déclarés. Parmi tous ces heureux
« invités » de la grande banque de gestion de fortune,
des personnalités célèbres du sport, du spectacle et
de l'industrie apparaissent comme étant des clients
ou des prospects privilégiés.*

C'était, jusqu'en 2007, la mission prestigieuse
de Stéphanie G., m'explique Guimel : organiser,
chaque année, la centaine d'événements mondains,

culturels et sportifs qui réunissaient de façon festive les centaines de clients ou futurs clients français d'UBS avec leurs chargés d'affaires français... ou suisses. Au sein du département Sports and Entertainment Group de la banque, il ne se rend pas compte, pendant près de cinq ans, que celui-ci fait fonction de tremplin commercial pour vendre de l'évasion fiscale à de très nombreux clients ou prospects parfois célèbres, toujours fortunés.

Pourtant, dans son rapport de septembre 2004, l'audit interne d'UBS France notait déjà : « Le département Sports and Entertainment Group (SEG) a été créé en septembre 2001 et il convient de rappeler qu'il s'agit du premier audit [portant sur lui] depuis sa création. Au moment de l'audit, le département SEG France comportait 89 clients pour un total d'encours sous gestion de 20,1 millions d'euros. Le département SEG est essentiellement orienté sur les prospects issus du milieu sportif et artistique. [...] Du fait de leur spécificité, les prospects et clients du département SEG contribuent à une augmentation sensible du risque de réputation pour UBS France SA. La rating [notation] *"Avec Réserves"* [souligné par le rédacteur du rapport] reflète les faiblesses relevées tant au niveau de l'organisation du département SEG que dans le *respect des directives en vigueur*. » En langage courant, l'audit interne d'UBS France fait ici le constat de l'illégalité des activités commerciales couvertes par les joyeux événements organisés innocemment par Guimel.

À ce sujet, la note adressée à l'Autorité de contrôle prudentiel de la Banque de France par un collectif de cadres supérieurs d'UBS France, le 23 décembre 2010 et fin octobre 2011, évoque certains faits et leurs auteurs présumés dans des termes bien plus crus :

– « Christoph P., chargé d'affaires basé à Genève, a travaillé en France puis est retourné sur le desk France International d'où il s'occupait des comptes non déclarés de Mme Caroline Duret, responsable du département Sports and Entertainment Group, durant les années 2005, 2006 et 2007. »

– « Philippe W., chargé d'affaires suisse, basé à Genève, au [département] France International, ancien chef de Caroline Duret – département Sports and Entertainment Group, Banque UBS France. Responsable d'un segment France International de 2002 à 2008, […] [il a pratiqué] l'évasion fiscale et le démarchage financier à grande échelle. »

– « Patrick G., chargé d'affaires français, ex-adjoint de Mme Caroline Duret, a créé sa propre société de gestion (qui travaille avec UBS). S'occupait des comptes de Mme Duret en France et des transferts de Français en Suisse. Clientèle Jet Set, sportive (football) et du show-business, dans les années 2003 à 2006. »

La note à l'ACP de la Banque de France se termine aussi par une liste de « clients off », c'est-à-dire soupçonnés par ses auteurs d'évasion fiscale. Parmi les sportifs, on trouve de grands noms du football professionnel : Antoine Sibierski, qui travaille en

Angleterre depuis 2003, devenu agent de joueurs depuis octobre 2009 ; Marcel Dessailly, un des plus beaux palmarès français avec, entre autres, la Coupe du monde de 1998, capitaine de l'équipe de France de 2000 à 2004, recruteur, depuis 2007, du club Milan AC, travaillant à l'étranger depuis 1993 (Italie, Angleterre, Qatar…) ; David Bellion, très attaché aux Girondins de Bordeaux ; Patrick Vieira, sélectionné en équipe de France de 1995 à 2010, travaillant à l'étranger (Italie, Angleterre) depuis 1995 ; Claude Makélélé, en équipe de France de 1998 à 2008, ayant travaillé en Espagne et en Angleterre, attaché au club Paris Saint-Germain depuis 2008 ; Christian Karembeu, en équipe de France de 1992 à 2002, a remporté la Coupe du monde de 1998 et a terminé sa carrière à Bastia, en 2005 ; Laurent Blanc, un des cadres majeurs de l'équipe de France depuis 1988, passé par l'Italie, l'Espagne et l'Angleterre, sélectionneur de l'équipe de France depuis 2010.

Sont aussi citées d'autres personnalités, dont Liliane Bettencourt, mais aussi des « prospects ou clients évasion fiscale » [*sic*], avec ces mentions : « Comptes Dassault », « Comptes Mulliez ». L'auteur principal de la note ajoute à ces noms, lors d'un entretien avec moi, le 10 décembre 2011, ceux de Peugeot et de Bolloré.

Les informations données par la note à l'ACP s'appuient sur les documents internes et, normalement, totalement confidentiels rédigés par les chargés d'affaires d'UBS lorsqu'ils constituent leurs dossiers de « propositions » à de futurs clients.

À titre d'exemple, les pages manuscrites rédigées en septembre 2003 sur les « projets » financiers d'Antoine Sibierski sont très significatives, d'autant qu'elles sont destinées à un correspondant suisse d'UBS, basé à Genève. Il y est noté qu'à partir du 1er août 2003, le joueur de football professionnel touche, hors prime, quelque 21 500 livres sterling (25 651 euros) par semaine ; que son contrat avec le club de Manchester court jusqu'au 30 juin 2006 ; qu'il attend le versement d'un solde sur prime de son « ancien employeur » d'environ 200 000 euros.

Sur cette base, Caroline Duret, du département Sports and Entertainment Group d'UBS France, dont les frais sont pris en charge par UBS Groupe, en Suisse, fait aussi le compte rendu des « objectifs » de son potentiel client, parmi lesquels elle relève la volonté de « construire une épargne internationale ». Elle disserte, par échange d'e-mails confidentiels avec un collègue britannique, sur les avantages qu'il y aurait à placer cette épargne dans un paradis fiscal (« low tax juridiction ») tel que la Suisse, Jersey, Monaco ou le Luxembourg. Elle évalue à 30 000 livres sterling (36 000 euros) par mois la capacité d'Antoine Sibierski à opérer un « transfert [d'épargne] vers un compte offshore », dans un des paradis fiscaux cités ci-dessus.

David Bellion, alors collègue d'Antoine Sibierski au club Manchester United, bénéficie du même type de « propositions », après des rendez-vous à Manchester, à Genève et au centre d'entraînement français de Clairefontaine (Yvelines), en août et septembre 2003.

Le « projet international » qui lui est proposé par UBS porte sur un avoir de 180 000 euros et surtout sur un transfert mensuel de 9 600 euros.

★ ★ ★

Mais le club très select des prospects et clients d'UBS, éventuellement candidats à l'évasion fiscale, ne comprend pas seulement des footballeurs ou des grands patrons du CAC 40. Ce sont des centaines de notaires, d'avocats, de gros commerçants de produits de luxe, mais aussi des stars du show-business ou de la politique qui se pressent, sans naïveté et tous frais payés, à l'opéra de Nantes en avril 2005, au concert organisés par la banque à la salle Pleyel, à Paris, en mars 2007, à un concert lyonnais en novembre 2007, aux régates organisées par le club nautique très select La Pelle, à Marseille, aux défilés de mode du Lido et surtout aux trophées de golf (UBS Golf Trophy), organisés à Strasbourg, Nantes, Lyon, etc., dont les magnifiques cartons d'invitation sont particulièrement lyriques : « Quand prestige et convivialité vont de pair. Passion, confiance, talent, perfection... Des mots qui collent parfaitement à UBS comme aux joueurs qui disputent le UBS Golf Trophy à travers le monde. » Tous ces événements ont fait l'objet de listings d'invités et de chargés d'affaires suisses, de photos, de comptes rendus commerciaux et de factures qui ont été remis, gravés sur six CD-Rom, au Service national des douanes judiciaires (SNDJ), en juin 2011.

De plus, les enquêteurs du SNDJ ont, lors des internationaux de Roland-Garros de mai-juin 2011, réalisé eux-mêmes de nombreuses photographies compromettantes des invités d'UBS se distrayant, dans la « loge UBS » du court central, en compagnie de chargés d'affaires suisses, dont un certain Frédéric Praz, chef de l'équipe UBS de gestion de fortune, basé en Suisse, où il dirige l'équipe spéciale Ultra High Networth (UHNW, soit les « ultra-hauts revenus ») France, un département spécial dédié aux familles et entrepreneurs possédant plus de 50 millions de francs suisses (41,4 millions d'euros). Ce chargé d'affaires suisse de très haut niveau a effectivement été identifié le 1er juin 2011, près du Club des Loges de Roland-Garros, où sont reçus les clients invités par la banque, alors qu'il arrivait le matin même de Lausanne. Son apparence (tenue de sport, sac à dos, blouson, lunettes de soleil…) lui donnait alors un aspect parfaitement non professionnel[1]. De même, les agents du SNDJ savent que lors du même tournoi 2011, des clients d'UBS France étaient en réalité invités à Roland-Garros, pour assister aux demi-finales messieurs, par l'entité suisse « Private Banking » du groupe UBS et plus précisément par Karel G., dont le numéro de mobile est celui d'un abonnement à l'opérateur national Swisscom.

Parmi tous ces événements de « prestige », Guimel m'explique que les tournées internationales de l'UBS

---

1. Déposition écrite rédigée par un témoin pour le SNDJ en date du 3 juin 2011.

Verbier Festival Orchestra sont un must. En effet, UBS finance, à partir de l'été 2000, le festival de Verbier et son orchestre de jeunes musiciens. Les concerts de celui-ci ont été, aux États-Unis, l'occasion de « rabattage » commercial pour l'offshore, selon le magazine suisse *L'Hebdo*. Georges Gagnebin, patron du département Gestion de fortune du groupe UBS, était d'ailleurs le président du festival à cette époque. Ainsi, le lundi 18 novembre 2002, l'orchestre, alors conduit par Mstislav Rostropovitch, a donné un concert exceptionnel au théâtre des Champs-Élysées, où étaient invitées, en compagnie des dirigeants et de chargés d'affaires suisses de la banque, des personnalités aussi importantes que Carla Bruni, présente en tant que marraine de l'association Théodora (« Des clowns pour les enfants hospitalisés »), Luc Ferry, ministre de la Jeunesse et de l'Éducation, Bernard Lacoste (vêtements de sport Lacoste) et son épouse, Patrick Le Lay (TF1), Étienne Mougeotte (TF1), Jacques Beauguerlange (Conforama), Guy et Joë Bedos, Jean-Jacques Goldmann, Olivier Poivre d'Arvor, directeur de l'Association française d'action artistique, Nelson Monfort (France Télévisions), l'ambassadeur d'Espagne, Marie-Ange Théobald, de l'Unesco, dont un e-mail interne à UBS dit qu'elle « demeure un contact utile pour l'avenir », Charles Gassot, producteur des comédies d'Étienne Chatiliez, entre autres, Michel-Yves Bolloré, grand industriel et frère de Vincent Bolloré, Alain Prost (qui sera finalement retenu aux États-Unis), le prince et la princesse Aga Khan... Dans la loge d'honneur se sont

donc retrouvés, ce soir-là : Luc Ferry, Carla Bruni
« et son ami », M. et Mme Dassault, avec quatre
dirigeants d'UBS, dont deux étaient les organisateurs
principaux de l'évasion fiscale vers la Suisse, dès
cette époque, Dieter Kiefer, principal promoteur du
« carnet du lait », et surtout Georges Gagnebin, le
patron du département Gestion de fortune du groupe,
dont nous avons fait la connaissance au chapitre 2
de ce livre, à propos des déboires judiciaires d'UBS
aux États-Unis[1].

Une évasion fiscale qui touche massivement les
clients de Caroline Duret et sur les comptes français
desquels l'audit interne d'UBS France procède à des
contrôles, le 18 août 2004, pointant des « actifs »
nuls ou extrêmement faibles, ce qui laisse supposer
des transferts de ceux-ci vers des comptes offshore.
Parmi ces clients suspectés par l'audit interne de la
banque, on relève les noms de certains joueurs de
football professionnels, bien entendu, mais aussi ceux
de tel auteur et réalisateur de films, de tel navigateur,
d'un journaliste sportif, de plusieurs jockeys…

Un autre événement fut aussi une très belle illustration du savoir-faire mondain et commercial d'UBS : le
« déjeuner littéraire » du 22 novembre 2007, organisé

---

1. Il va de soi que la présence de ces personnes à ces « événements de prestige » ne signifie pas qu'elles pratiquent l'évasion
fiscale, ou qu'elles se rendent complices de ce type de pratique.

autour de l'auteur et animateur de télévision Philippe Besson à l'Hôtel de Crillon, dans le salon des Batailles, où furent invités, entre autres, deux représentants de la Fondation Bettencourt et des dirigeants des Galeries Lafayette, du groupe industriel Marcel Dassault, de la Sauvegarde de l'art français, de la Caisse régionale Île-de-France du Crédit agricole, d'Électre… L'excellent résultat commercial de ces agapes fut un chiffre d'affaires de 220 millions d'euros « pour l'exercice 2008 », comme le révèle un e-mail interne d'UBS France, daté du 12 septembre 2008…

Les exemples pourraient être multipliés, mais ils ne révèlent pas autant les méthodes de marketing particulières des chargés d'affaires d'UBS que ce qu'en racontent les notes de commentaires prises par ceux-ci lors de leurs rendez-vous avec leurs prospects. Ainsi, Caroline Duret relève, après une rencontre avec Zinedine Zidane, le 12 février 2002, au centre d'entraînement de Clairefontaine, que le joueur l'encourage à voir son agent, Alain Migliascio, qui est « basé en Espagne » et « s'occupe de tout », afin de prévoir de « récupérer une partie des actifs dans le cadre de son [celui de Z.Z.] retour en France ». Après plusieurs rendez-vous à Londres, de novembre 2001 à juin 2002, avec le footballeur Sylvain Wiltord, elle note : « Il commence à me parler de son argent, [me dit qu']il faut travailler encore un peu. M'a demandé quelques menus services. Il sait comme Patrick Vieira [client] et Thierry Henry que nous avançons avec Robert Pires, donc nous sommes en terrain de confiance. »

Au détour de tous ces commentaires toujours tendancieux, on apprend que Patrick Vieira est « très sensible, très timide et prudent », qu'il « ne donne pas sa confiance facilement », que « le papa » de David Trezeguet « s'occupe de tout », que Claude Makélélé est « très heureux en Espagne » et qu'il « connaît UBS de réputation », que Michel Platini, « vu très souvent pendant la Coupe du monde », « vante le professionnalisme et l'intelligence de la banque » et qu'« il évoque petit à petit » que Caroline Duret puisse rencontrer son « gestionnaire ». À propos de Michel Platini, la commerciale d'UBS est d'ailleurs finalement heureuse de noter qu'un rendez-vous à Monaco, le 28 août 2002, fut « long et difficile, mais fructueux ». Enfin, sur la fiche de Christian Karembeu, les annotations sont directes : « Booké. Contacts réguliers en parfaite collaboration avec le bookeur [Christophe Peiry, chargé d'affaires suisse, basé à Genève]. Si besoin pb FR [en cas de problème en France] : sera chez nous. »

Car la prospection commerciale en vue d'une éventuelle évasion fiscale suppose visiblement d'entrer dans l'intimité de ses prospects et de ses clients, comme en témoignent les notes de frais des chargés d'affaires d'UBS épluchées par l'audit interne de la banque. Ainsi, le 16 octobre 2003, Caroline Duret offre une montre à Robert Pires, pour la modique somme de 159 euros. Le 7 février 2004, un dîner avec David Hallyday lui coûte 257,40 euros. Le 12 novembre 2004, un « dîner maison », où se sont retrouvés, entre autres,

Patrick Bruel, Amanda Sthers, sa compagne d'alors, et Gilbert Coullier (producteur de spectacles), oblige la même commerciale à débourser 145,05 euros en boucherie, poissonnerie et « volaille rôtisserie ».

Cette prospection oblige aussi à multiplier les frais, parfois pendant plusieurs années, dans le cadre de relations suivies avec certaines personnes, sans que celles-ci ne deviennent jamais clientes d'UBS France pour autant... Ainsi, en pensant, par exemple, au « cas Djorkaeff », l'audit interne d'UBS France note presque ironiquement, le 15 septembre 2004 : « Problème édifiant : trois ans de factures sur un même projet et toujours pas client base France. Où sont les clients ? »

Oui, où sont ces clients, et surtout leurs comptes bancaires, qui représentent le gratin des grandes fortunes françaises[1] ? L'histoire parfaitement symbolique de « l'affaire Bettencourt » permet de répondre on ne peut mieux à cette dérangeante question.

---

1. À propos des footballeurs professionnels : Romaric Godin, *Foot : dans la tourmente du business*, Paris, Les Carnets de l'info-Éditions Scrineo, 2007 ; et surtout Thierry Pech, *Le Temps des riches. Anatomie d'une sécession*, Paris, Seuil, 2011, p. 99 à 106. Sur l'explosion de l'hyper-richesse et la charge qu'elle fait peser sur l'économie, en général, voir aussi Michel Pinçon et Monique Pinçon-Charlot, *Le Président des riches*, Paris, La Découverte, 2011 ; et Antoine Peillon, François Soulage, Louis Maurin, Thierry Pech et Cécile Renouard, Forum & Débats « Le prix des inégalités », dans *La Croix* du vendredi 20 janvier 2012.

6

L'intouchable Mme Bettencourt

« Ça ne tiendra plus longtemps. Le ministère chargé de la gestion des affaires en cours pare au plus pressé, colmate les brèches. J'ai idée que ça viendra par la Suisse, le jour où le bon juge tombera sur le bon réseau. On ne peut pas effacer les ordres de virement, ou alors il faut mettre le feu aux banques. On ne peut pas empêcher certains guichetiers d'avoir vu, ou alors il faut éliminer les banquiers. Je veux dire les éliminer physiquement. Après, il faudra faire la même chose avec les juges et les journalistes. »

Denis Robert,
Pendant les « affaires »,
les affaires continuent,
Paris, Stock, 1996.

Sixième chapitre, où des mouvements très importants d'argent entre plusieurs comptes bancaires UBS et un contrat d'assurance-vie de Liliane Bettencourt sont dévoilés. Selon un expert de la banque suisse, ces mouvements atypiques, portant sur quelques dizaines de millions d'euros, sont caractéristiques de l'évasion fiscale. Étrangement, ces mouvements suspects qui ont été signalés plusieurs fois aux contrôleurs de la Banque de France, ainsi qu'aux douanes, n'ont toujours pas fait l'objet de la moindre enquête policière. Les générosités de la milliardaire vis-à-vis de certains champions politiques expliqueraient-elles cette timidité judiciaire ?

Les « affaires Bettencourt », du nom de l'archi-milliardaire héritière de L'Oréal[1], sont en cours d'instruction au tribunal de grande instance de Bordeaux, depuis décembre 2010, après le fiasco du tribunal de Nanterre généré par la guerre menée par le procureur Philippe Courroye contre la juge Isabelle Prévost-Desprez. Elles ont déjà permis de dévoiler une partie des comptes non déclarés de la milliardaire en Suisse où avaient été dissimulés quelque 65 millions d'euros.

Mais Liliane Bettencourt, sa société de gestion Clymène et la Fondation Bettencourt-Schueller ont placé en réalité beaucoup plus d'argent chez UBS, à Genève, Vevey, Zurich… D'étranges mouvements sur ces comptes, en relation avec des contrats d'assurance-vie ou de capitalisation, n'ont pas été regardés par les enquêteurs ni par les juges, puisqu'aucune perquisition n'a été effectuée dans les

---

1. Elle est la deuxième fortune de France et la 15e dans le monde, selon *Forbes* de mars 2011, avec un patrimoine personnel de près de 18 milliards d'euros.

locaux d'UBS France, à Paris ou à Strasbourg, où les enquêteurs découvriraient pourtant des informations très intéressantes sur les tenants et aboutissants de ces impressionnants mouvements d'argent.

Les cadres de la filiale française du groupe bancaire suisse ont pourtant été clairs, à ce propos, dans leurs communications successives, depuis mai 2009, à l'ACP de la Banque de France[1] et au Service national de douane judiciaire. Dans les courriers adressés à l'ACP, ils dénonçaient ainsi François V., ex-responsable du département juridique, contrôle interne et conformité de 2004 à 2009, présent dans les locaux d'UBS France jusqu'au printemps 2010, qui « était au courant de tout le système [d'évasion fiscale] et des opérations illicites » et qui aurait « implanté au sein de la banque », pour assurer sa succession, « de proches collaborateurs et relations extérieures privées, afin que ces derniers n'effectuent pas de recherches trop approfondies sur le système du carnet du lait, sur le fichier vache et sur les opérations courantes de certains comptes comme ceux de Mme Bettencourt, de sa fondation »... En fin de document, ils réaffirment que Liliane Bettencourt fait partie des « clients off », sous-entendu offshore, d'UBS France.

À l'appui de leurs accusations, ces cadres ont aussi transmis aux enquêteurs de la Banque de France, en décembre 2010, et à ceux de la douane

---

1. Informations et notes transmises aux contrôleurs d'UBS en mai 2009, le 23 décembre 2010 et fin octobre 2011.

judiciaire[1] un relevé très significatif d'une douzaine de mouvements d'argent entre les comptes UBS, BNP, Dexia, Clymène et Generali (une compagnie d'assurance-vie italienne, dont le siège est à Trieste), entre 2005 et 2008. L'ensemble du portefeuille UBS de Liliane Bettencourt a été géré, jusqu'en 2010, par un Canadien jovial, Mathieu de S.-A., qui a depuis été « exfiltré » de Paris à Genève, où UBS le garde sans doute hors de portée d'éventuels enquêteurs français. Le relevé des mouvements des comptes de la milliardaire, que je possède, est issu du système d'information interne d'UBS. Il m'est nécessaire d'en exposer ici les détails :

1. En décembre 2005, le compte UBS de la Fondation Bettencourt-Schueller (fondée en 1987 et dirigée par Patrice de Maistre) est crédité, en deux fois, de 10 millions d'euros, à partir du compte Dexia de Liliane Bettencourt. Mais il est débité six mois plus tard de la moitié de cette somme, soit 5 millions d'euros, en faveur d'un contrat d'assurance-vie « Phi Capitalisation » de Generali, lequel a entre autre l'avantage d'être défiscalisé et transmissible aux héritiers sans paiement de droits de succession.

---

1. Fichier Word « LBE divers au 19072010.doc » transmis à Alexandre G., enquêteur du Service national de douane judiciaire, par e-mail, le 21 novembre 2011, à 12 h 37, avec ce commentaire : « Voilà la Confirmation Ultime [*sic*] sur le dossier Bettencourt. UBS Suisse est citée. UBS France avait certains comptes de Mme Bettencourt. Voir doc en pièce jointe. Regardez les dates des opérations sur des contrats d'assurance-vie. »

2. En 2007, le compte UBS de Clymène, la holding de gestion de la fortune de Liliane Bettencourt, créée le 21 juin 2000, crédite le compte personnel de la milliardaire à la BNP de 7 millions d'euros, lequel est aussitôt débité – le jour même ! – de la même somme en faveur du contrat d'assurance-vie Generali.

Faisons, dès cette première série de mouvements, une petite addition qui se solde par un crédit de 12 millions d'euros sur le contrat Generali, à partir du compte Dexia de Liliane Bettencourt et de celui de Clymène, en passant à toute vitesse par un compte BNP de la milliardaire et par celui de sa fondation de mécénat. Et continuons, dès lors, notre relevé des mouvements des comptes Bettencourt, qui risquent malheureusement de donner un peu le tournis au lecteur.

3. Le 15 octobre 2007, le compte UBS de Clymène crédite le compte BNP personnel de Liliane Bettencourt de… 12 millions d'euros. Le jour même, ce compte BNP est débité en faveur du contrat Generali à hauteur de… 12 millions d'euros !

4. Huit mois plus tard seulement, le 19 juin 2008, le contrat Generali se dépouille en faveur du compte UBS de Clymène à hauteur de… 12 millions et 300 000 euros, c'est-à-dire la même somme, toujours, tout juste bonifiée des intérêts à un taux de 3,75 % par an. Et, le même jour, le compte Clymène est débité en faveur du compte personnel BNP de Liliane Bettencourt pour un montant de… 12 millions et 300 000 euros.

Si nous avons bien suivi le fil de tous ces mouvements, le compte Dexia de Liliane Bettencourt et le compte UBS de Clymène, holding entièrement alimentée par les dividendes de L'Oréal, ont été déchargés, entre fin 2005 et 2007, d'un montant total de 24 millions d'euros au bénéfice d'un contrat d'assurance-vie Generali. Ce mouvement global s'est effectué à travers une première « cascade » de mouvements extrêmement rapides sur le compte BNP personnel de la milliardaire et sur celui de sa fondation de mécénat. En juin 2008, la moitié de cette somme totale est reversée, avec 300 000 euros d'intérêts en plus, au compte personnel BNP de Liliane Bettencourt, en faisant un passage éclair par le compte de la holding Clymène.

Mais il reste encore une dernière série de mouvements d'argent qui ont été relevés comme suspects par certains gestionnaires de fortune d'UBS :

5. En 2008 toujours, le compte de la holding Clymène est crédité de 7,2 millions euros à partir du contrat Generali, mais il est immédiatement débité – le jour même encore une fois ! – de la même somme en faveur du compte BNP de Liliane Bettencourt...

Une première conclusion s'est imposée au financier d'UBS que j'ai consulté pendant plusieurs heures, le 10 décembre 2011, au sujet de ces mouvements : en à peine trois ans, le compte BNP de Liliane Bettencourt a finalement été crédité de près de 20 millions d'euros à partir d'un compte Dexia et d'un autre compte UBS de sa holding Clymène, en passant par un deuxième compte UBS, celui de sa Fondation Bettencourt-Schueller, ainsi que par un contrat d'assurance-vie Generali, tout en faisant quelques passages par le compte de Clymène et même par celui de la BNP... En clair, les origines, le destin financier de ces 20 millions d'euros, ainsi que les éventuels dividendes produits, ont été totalement « enfumés, masqués, dissimulés au fisc français ainsi, d'ailleurs, qu'aux contrôleurs internes d'UBS France », par le jeu d'une dizaine de crédits et débits enchevêtrés. « Il n'y a pas besoin d'avoir fait Polytechnique pour comprendre qu'il n'y a aucun intérêt financier de placement et de rémunération à faire des mouvements si rapides sur des contrats d'assurance-vie », commente l'expert qui m'a en conséquence affirmé que nous étions devant « le tableau typique de mouvements d'argent en cascade, procédant par empilage, qui caractérise les opérations d'évasion fiscale, de blanchiment et de recel de blanchiment provenant de l'évasion fiscale ». En l'occurrence, il use ici d'une définition relativement large du blanchiment, qui ne signifie pas que les avoirs et les revenus concernés proviennent d'activités criminelles, mais qui dénonce le fait que l'origine et l'identité de ces fonds sont masquées, dissimulées, et trouvent leur source dans le rendement d'avoirs non déclarés au fisc ou de la location occulte de l'île d'Arros (Seychelles), dont elle était propriétaire, ce qui était aussi bien entendu illicite. Depuis quelques années, d'ailleurs, les experts européens soulignent la parenté trop négligée par les autorités publiques des moyens de blanchiment et d'évasion fiscale[1], et un délit de blanchiment de fraude fiscale existe bien[2] ; il est même au cœur de l'affaire Bettencourt en cours d'instruction judiciaire à Bordeaux.

★ ★ ★

Mais là n'est pas ce qui choque le plus le financier d'UBS, dans cette affaire de blanchiment et d'évasion fiscale de dizaines de millions d'euros. « Vous remarquerez, me disait-il, lors de notre rencontre, que les banques qui ont été perquisitionnées, dans le cadre de ce que l'on appelle "l'affaire Bettencourt", sont des banques qui n'ont pas un rôle majeur dans la gestion de la fortune de Mme Bettencourt. Ce sont des banques qui ont certes un rayonnement international, mais ce ne sont pas celles qui avaient les gros avoirs et elles ne travaillaient pas directement avec la principale structure financière de Mme Bettencourt [Clymène, elle-même issue de Thétys]. Toutes les perquisitions dans ces banques, c'est de la poudre aux yeux, et toutes les banques qui ont quelque chose d'important à cacher, on les oublie. On oublie d'enquêter chez UBS, alors que l'origine des fonds

1. Entre autres, Célestin Foumdjem, *Blanchiment de capitaux et Fraude fiscale*, Paris, L'Harmattan, 2011.
2. Arrêt de la chambre criminelle de la Cour de cassation du 20 février 2008.

et des mouvements suspects est établie : Genève et Vevey (canton de Vaud). On oublie de regarder du côté de LGT, la banque de gestion de fortune de la maison princière du Liechtenstein, à Singapour. Toute cette cécité permet d'éviter de découvrir que les contrats d'assurance gérés depuis la Suisse, entre autres moyens d'évasion fiscale, remontent à plus de trente-cinq ans et donc d'avoir à procéder au recouvrement d'arriérés fiscaux autrement plus importants que les quelque 108 millions d'euros qui lui sont réclamés par Bercy au titre de l'impôt de solidarité sur la fortune (ISF) pour les années 2004 à 2010 et à celui de l'impôt sur le revenu pour les années 2006 à 2009 seulement, le tout agrémenté d'un engagement gouvernemental de renoncer à toute poursuite pénale[1]... »

En décembre 2011, des comptes UBS de Liliane Bettencourt étaient « toujours vivants », en France comme en Suisse, selon le financier que je consultais à cette époque. D'où les aimables conseils qu'il prodiguait alors volontiers aux juges et policiers qui se pencheraient, un jour, sérieusement sur l'évasion fiscale et le blanchiment pratiqués pendant de nombreuses années par la milliardaire : « Perquisitionner UBS à Paris, y saisir tout le matériel et les mémoires informatiques, la base de données clients dénommée "iAvenue" –, la base de données

---

1. « "Le fisc en tout cas n'engagera pas de poursuites pénales", fait savoir le ministère du Budget... », dans *Le Nouvel Observateur*, 1er au 7 décembre 2011, p. 118.

financières, recueillir les nombreux témoignages qui ne manqueraient pas d'être spontanément produits, éplucher les journaux des opérations des chargés d'affaires, journaux où l'on trouverait des chiffres d'affaires en centaines de milliers d'euros qui ne sont pas reportés dans les comptes d'UBS en France... »

Un rêve, sans doute...

Le samedi 4 février 2012, arrivant presqu'au bout de mon enquête, j'ai revu une dernière fois Aleph, ma source principale au sein du renseignement intérieur. Je lui ai raconté, entre autres, ma rencontre avec le banquier d'UBS et lui ai détaillé ses révélations. Son commentaire fut pour le moins lapidaire : « Bettencourt a acheté son immunité fiscale. Il suffit de cotiser à un parti politique. En espèces. » Le parti politique auquel pensait Aleph ? « Aujourd'hui ? L'UMP, c'est évident ! » a-t-il répondu sans l'ombre d'une hésitation.

« Revenons aux comptes bancaires de Mme Bettencourt », me propose le « grand flic ». « Ce que vous a révélé votre financier d'UBS est passionnant, lorsque l'on regarde les dates des mouvements et le compte de réception finale des 20 millions d'euros blanchis à partir de plusieurs sources, dont le compte de la holding Clymène pour la presque totalité de la somme. Première remarque : c'est en 2008 que Florence Woerth, épouse du ministre du Budget et trésorier de l'UMP de l'époque, embauchée chez Clymène fin 2007, passe le plus clair de son temps à Genève ; c'est en 2008 encore qu'est enregistré le transfert de quelque 280 millions d'euros des comptes français de Mme Bettencourt sur des comptes d'UBS Genève ; or c'est au même moment qu'un compte courant de la milliardaire à la BNP est renfloué, dans un sens inverse, par de l'argent manifestement blanchi, à hauteur de 20 millions d'euros, ce qui est de l'ordre de l'argent de poche dans le cadre dont on parle. »

« "Argent de poche" me semble la bonne expression, en l'occurrence, poursuit le haut fonctionnaire. Car les investigations de vos confrères de *Mediapart*, publiées en juillet 2010, sur les enveloppes d'argent liquide distribuées à certains hommes politiques de droite entre 1995 et novembre 2008, confirmées ensuite par des témoins devant policiers et juges, ont montré que c'est bien à partir d'un compte BNP (agences de Neuilly-sur-Seine, puis de Paris XVIe) qu'étaient tirées très régulièrement les sommes destinées à ces fameuses enveloppes. »

Il attire alors mon attention sur le fait que la gestionnaire du compte BNP principal de Liliane Bettencourt est la baronne Eva Ameil, chargée du secteur Luxe de BNP Paribas, mais surtout vice-présidente du Cercle MBC Paris (pour Maxim's Business Club), lequel mène ses activités mondaines au Fouquet's et regroupe, selon sa propre présentation, « environ 650 membres en France et 250 membres en Suisse », tous « hommes et femmes d'affaires dans des domaines très variés de la vie économique française et internationale ». Le Cercle MBC organise de nombreuses réunions avec des

« personnalités de premier plan », presque toutes de droite, dont Nicolas Sarkozy. « C'est Eva Ameil qui a contesté en vain le témoignage de l'ex-comptable de Mme Bettencourt [Claire Thibout], à propos de l'enveloppe de liquide retirée de la BNP et destinée à Éric Woerth en janvier 2007 », ponctue le haut fonctionnaire du renseignement.

Aleph se livre alors à un rapide calcul : « La comptable de Mme Bettencourt et de Clymène a parlé de montants de l'ordre de 100 000 à 200 000 euros par enveloppe, lors de la période pré-électorale de la présidentielle 2007. Or elle a aussi expliqué que les Bettencourt[1] "arrosaient large" et qu'elle avait assisté à "un vrai défilé d'hommes politiques dans la maison" de ses patrons. À raison d'une enveloppe moyenne à 150 000 euros, en deux ans vous avez sans doute épuisé une partie des 20 millions d'euros qui ont transité vers le compte BNP entre décembre 2005 et juin 2008, pour le réapprovisionner en toute opacité. »

« L'ensemble est parfaitement clair, souligne Aleph. Si nous suivons le montage révélé par vos banquiers UBS d'amont en aval – puisque nous descendons, en "cascades" financières, du pays de montagnes –, nous voyons premièrement le blanchiment de 20 millions d'euros de Genève à Paris, en passant par Trieste, à travers un contrat d'assurance-vie Generali géré par Clymène et aussi

---

1. André, l'époux de Liliane Bettencourt, est décédé en novembre 2007.

à travers le compte d'une fondation de mécénat forcément au-dessus de tout soupçon, le tout en deux ans environ (2007-2008). Deuxièmement, nous apprenons, grâce au témoignage de l'ex-comptable de Mme Bettencourt, que le compte parisien (BNP) de la milliardaire, approvisionné par cet argent blanchi, a servi à remplir des enveloppes de liquide discrètement remises à des personnalités politiques de droite, dont Éric Woerth. Troisièmement, nous nous souvenons qu'en 2007 et en 2008, Clymène, la holding de gestion de la fortune de Mme Bettencourt, a employé une certaine Florence Woerth[1] qui était l'épouse du ministre du Budget de l'époque [jusqu'au 22 mars 2010], par ailleurs ex-trésorier de la campagne électorale de Nicolas Sarkozy à la présidentielle de 2007 et trésorier toujours en fonction de l'UMP [jusqu'au 30 juillet 2010]. Enfin, puisque nous avons bonne mémoire, nous nous étonnons que Mme Bettencourt ait bénéficié, en mars 2008, d'un "remboursement" du Trésor public au titre des effets du bouclier fiscal[2] à hauteur de 30 millions d'euros, lesquels ont été versés sur un compte BNP... La boucle est bouclée ! »

1. Selon l'ex-comptable (de 1995 à novembre 2008) de Liliane Bettencourt et de Clymène, Florence Woerth y touchait un salaire mensuel de 13 000 euros et y bénéficiait d'une prime annuelle de 50 000 euros.

2. Tel qu'il s'est appliqué alors, le « bouclier fiscal » était la mise en œuvre d'une promesse électorale de Nicolas Sarkozy faite dès le congrès UMP de son investiture comme candidat à la présidentielle, le 14 janvier 2007.

L'omniprésence de la BNP dans les opérations d'évasion fiscale de Liliane Bettencourt, mais aussi dans celles de la plupart des affaires évoquées par mes sources, désigne cette banque comme la championne française du offshore. Selon un décompte réalisé par Christian Chavagneux, journaliste à *Alternatives économiques*, le 11 mars 2009, BNP Paribas comptait alors pas moins de 189 filiales domiciliées dans des paradis fiscaux, nombre record parmi ceux affichés par toutes les autres grandes entreprises françaises du CAC 40 : 7 en Suisse, 27 au Luxembourg, 21 dans les îles Caïmans… Dans une tribune publiée par le quotidien *Libération* le 19 octobre 2009, les députés européens Eva Joly et Pascal Canfin soulignaient que BNP Paribas « propose à ses clients les plus fortunés […] des services "d'optimisation juridique et fiscale" à Monaco, en Suisse ou au Luxembourg » et que sa filiale suisse vend, selon ses propres termes, la création, la gestion ou l'administration « des structures établies dans des juridictions telles que les Bahamas, Jersey, le Luxembourg, Panama, Singapour, le Liechtenstein et la Suisse », c'est-à-dire de sociétés écrans derrière lesquelles il est possible de posséder des comptes bancaires non déclarés.

★ ★ ★

L'historique de l'alimentation en argent blanchi du compte BNP de Liliane Bettencourt, entre fin 2005 et mi-2008, qui comprend donc la période électorale pour la présidentielle d'avril-mai 2007, donne peut-être une idée des montants réels des « cotisations occultes » – comme dit Aleph – de la milliardaire en faveur de ses champions politiques favoris. D'ores et déjà, d'autres informations confirment, pour Liliane Bettencourt, les délits d'évasion fiscale, de non-déclaration de comptes bancaires en suisse, de financement politique illégal et, au sujet d'Éric Woerth, de trafic d'influence. Elles sont examinées, au moment où je termine la rédaction de ce livre et depuis décembre 2010, par trois juges d'instructions bordelais, dont Jean-Michel Gentil principalement, lesquels ont aussi demandé, pour les éplucher, les comptes de la campagne électorale 2007 de Nicolas Sarkozy.

Penchons-nous sur l'évasion fiscale, car elle est la condition *sine qua non* de tout le reste. De mai 2009 à mai 2010, Pascal Bonnefoy, le majordome de Liliane Bettencourt, a enregistré, avec un dictaphone dissimulé, les échanges de la milliardaire avec son entourage le plus proche et surtout avec ses conseillers, au premier rang desquels se distingue Patrice de Maistre, alors gestionnaire de la fortune personnelle de la milliardaire, par ailleurs directeur général de Thétys et de Clymène depuis 2003, les deux sociétés chargées de gérer respectivement les dividendes des titres L'Oréal possédés par la famille Bettencourt et les avoirs particuliers de Liliane Bettencourt. Patrice de Maistre était par ailleurs directeur général de la Fondation Bettencourt-Schueller contrôlée par Thétys…

Ces enregistrements représentent 21 heures de son et ont été gravés sur six CD-Rom, lesquels ont été remis à Françoise Bettencourt-Meyers, la fille de Liliane, en mai 2010, laquelle les a finalement transmis le 10 juin 2011 à la Brigade financière. Ils ont tous été définitivement validés en tant que preuves, le mardi 31 janvier 2012, par la chambre criminelle de la Cour de cassation[1]. L'essentiel de leur contenu a été publié par le site d'information *Mediapart* et par l'hebdomadaire *Le Point*, à partir du 16 juin 2010[2].

À propos de l'évasion fiscale, les discussions de Liliane Bettencourt avec ses conseillers révèlent, à l'automne 2009, une soudaine inquiétude vis-à-vis du fisc. Premiers objets de cette alerte : deux comptes suisses, ouverts à Genève et Vevey (canton de Vaud), bien entendu non déclarés, respectivement crédités alors de 13 et de 65 millions d'euros, dont l'existence est jusqu'alors officiellement ignorée par Bercy.

Le 27 octobre 2009, Patrice de Maistre explique ainsi à Liliane Bettencourt : « Je voulais vous dire que je pars en Suisse tout à l'heure pour essayer d'arranger les choses. [...] Et il faut arranger les

---

1. Arrêt n° 497 du 31 janvier 2012, selon lequel les enregistrements sont « des moyens de preuve » qui ne peuvent être annulés.
2. Les locaux des deux titres, ainsi que le domicile d'un journaliste du quotidien *Le Monde*, ont été cambriolés, à quinze jours de distance, en octobre 2010. Cibles manifestes des cambrioleurs : les éléments recueillis par les journalistes travaillant sur l'affaire Bettencourt.

choses avec vos comptes en Suisse. Il ne faut pas que l'on se fasse prendre avant Noël. [...] Je suis en train de m'en occuper et de mettre un compte à Singapour. Parce qu'à Singapour, ils [les agents du fisc français] ne peuvent rien demander. » Trois semaines plus tard, le 19 novembre 2009 précisément, Patrice de Maistre revient à la charge : « Je suis allé voir ce compte à Vevey où vous avez quand même 65 millions. [...] Il faut que l'on enlève ce compte de Suisse. [...] Je suis en train d'organiser le fait de l'envoyer dans un autre pays qui sera soit Hong Kong, Singapour ou en Uruguay. [...] Comme ça, vous serez tranquille. Je pense que c'est bien, ça vous laisse votre liberté. Si on ramène cet argent en France, ça va être très compliqué. » Selon mes informations, le compte de Vevey était très certainement ouvert chez UBS[1].

Depuis cette première alerte d'octobre 2009, le « comme ça, vous serez tranquille » assuré par Patrice de Maistre à Liliane Bettencourt s'est révélé fallacieux. Le 21 novembre 2011, *Mediapart* révèle que la Direction nationale des vérifications de situations fiscales (DNVSF) a « identifié douze comptes bancaires cachés qui appartiennent à la famille Bettencourt ou dont elle est bénéficiaire[2] ». Sur cette douzaine de comptes non déclarés, pas moins de dix sont ouverts en Suisse : un chez

1. Des enquêteurs helvètes pensent plutôt à un compte du Crédit suisse.
2. Rapport de synthèse daté du 31 août 2011.

Julius Bär (Baer), un autre chez Hyposwiss Private Bank (Banque cantonale de Saint-Gall), un aussi à la banque genevoise Baring Brothers Sturdza, trois à la Banque cantonale vaudoise et quatre chez... UBS. Les deux autres comptes (SwissLife et LGT Bank) étaient réfugiés à Singapour. Au total, ces comptes étaient crédités de quelque 121 millions d'euros en 2008. Fin 2010, ce montant était descendu à un peu moins de 100 millions d'euros. 20 millions d'euros s'étaient donc évaporés entre ces deux dates. 20 millions d'euros dont nous avons peut-être retracé précisément le circuit de blanchiment au début de ce chapitre...

De façon générale, les comptes non déclarés de la famille Bettencourt connaissent presque tous des mouvements de fonds importants et souvent injustifiables du point de vue d'une saine gestion financière. Ainsi, le compte Hyposwiss Private Bank est totalement vidé de ses 23 millions euros entre 2007 et 2009, mais il n'est pas fermé. Un des trois comptes de la Banque cantonale vaudoise, dénommé « Bora », est vidé de plus de 92 millions d'euros en août 2008 et aussitôt fermé ; un autre connaît aussi une saignée de près de 60 millions d'euros, en 2009. « Au profit de qui ? » s'interroge Aleph, lorsque nous en parlons ensemble, le 5 février 2012.

Car le compte « Bora », ouvert dans les années 1970 par André Bettencourt, n'a cessé de créditer d'autres comptes suisses de sommes fabuleuses, notamment ceux ouverts à la Discount Bank &

Trust Company et l'Union bancaire privée (UBP), deux établissements célèbres de Zurich.

De même, Clymène, la holding de gestion de toute la fortune de Liliane Bettencourt, dirigée par Patrice de Maistre jusqu'en décembre 2010, semble avoir perdu beaucoup d'argent, quelque 107 millions d'euros, entre 2000 et 2009. En 2008, année où Florence Woerth, épouse du ministre du Budget de l'époque, est depuis peu directrice des investissements de Clymène, les pertes records de la société s'élèvent même à un peu plus de 66 millions d'euros. « Au profit de qui ? » réitère Aleph, car il sait que « les pertes des uns sont toujours les bénéfices des autres ».

Conclusion

« Au profit de qui ? »

> « Une autre étape consiste à instituer une collaboration internationale digne de ce nom pour lutter contre la fraude et l'évasion fiscales. À l'heure où les budgets publics sont tous largement déficitaires, il n'est plus concevable de considérer ces mécanismes comme des fatalités ou comme des activités inoffensives. »
>
> Bernard Bertossa
> (alors procureur général de Genève),
> « Après l'aveuglement et l'hypocrisie, la complicité ? », dans *Un monde sans loi*, Paris, Stock, 1998, p. 125.

« Au profit de qui ? »… La question ironique d'Aleph m'a presque obsédé tout au long de mon enquête. Non pas parce que je n'avais pas la réponse – celle-ci m'avait été livrée crûment par Aleph lui-même, dès l'un de nos premiers rendez-vous[1],

---

1. *Cf.* chapitre 1, « L'enquête interdite ».

lorsqu'il m'avait expliqué comment le gouvernement évite la cruelle épreuve du contrôle fiscal et, pis encore, d'enquêtes plus poussées sur d'éventuels comptes offshore à celles et ceux qui paient, en liquide si possible, leur « cotisation » au parti politique qui a l'heur d'être au pouvoir. Mais bien plutôt parce que cette sorte d'immunité, éventuellement couverte par le « secret défense », s'est progressivement révélée si constante, si puissante, voire si risquée à dévoiler que j'en arrivais parfois à douter que je vivais dans une République digne de ce nom.

« Au profit de qui ? » Oui, à qui profite l'évasion fiscale, en France ? À qui profitent les 590 milliards d'euros d'avoirs placés à l'abri du fisc, en Suisse, au Luxembourg, à Singapour, dans les îles Caïmans et autres paradis fiscaux, et les au moins 30 milliards d'euros qui manquent, en conséquence, chaque année, aux finances publiques ? Bien entendu, il y a tout d'abord ces Français fortunés qui utilisent quelque 150 000 comptes non déclarés en Suisse, selon le ministère de l'Économie et des Finances. Fortunés, car mes sources au sein d'UBS m'ont bien expliqué que seules les personnes possédant un minimum de 10 millions d'euros intéressent les chargés d'affaires venus des rives du lac Léman. Ce sont les mêmes qui, pourtant, ont aussi vu leur charge fiscale allégée de 77,7 milliards d'euros, entre 2000 et 2010[1], du fait de la réduction de l'impôt sur le revenu pour

1. Rapport d'information du député UMP Gilles Carrez, 30 juin 2010.

les plus hautes tranches, l'évaporation de l'impôt de solidarité sur la fortune[1], la mise en œuvre du fameux « bouclier fiscal » après 2007[2], la réduction des droits de succession et de donation[3]… Sur la base de calculs peu contestables, le journaliste Samuel Laurent a même estimé à 71 milliards d'euros les « cadeaux fiscaux » du quinquennat de Nicolas Sarkozy[4].

Mais au-delà du cadeau de l'« allégement » fiscal déjà considérable fait aux plus riches sous les présidences de Jacques Chirac et de Nicolas Sarkozy, c'est surtout l'immunité judiciaire presque totale dont bénéficient les fraudeurs et les évadés fiscaux de haut vol qui pose la plus grave question. Qui, quoi, où, quand, comment ? J'ai déjà répondu, en partie, à ces interrogations. Il me reste, cependant, la nécessité de revenir sur le « pourquoi ? », sans lequel il n'y a pas d'enquête journalistique achevée. Par exemple, pourquoi André et Liliane Bettencourt n'ont-ils jamais subi un seul contrôle fiscal, au moins depuis 1995, comme en a témoigné l'ex-comptable

---

1. Environ 2 milliards d'euros de manque à gagner pour les finances publiques en année pleine à partir de 2012.
2. Plus de 600 millions d'euros soustraits au fisc chaque année. *Cf.* l'annuaire statistique 2008 de la Direction générale des finances publiques.
3. Quelque 2,3 milliards d'euros perdus pour l'État, chaque année. *Cf.* Michel Pinçon et Monique Pinçon-Charlot, *Le Président des riches, op. cit.*, p. 21 à 41 ; Mélanie Delattre et Emmanuel Lévy, *Un quinquennat à 500 milliards d'euros. Le vrai bilan de Sarkozy*, Paris, Mille et Une Nuits, 2012.
4. Blog « Les décodeurs », sur LeMonde.fr, en date du 7 novembre 2011.

des milliardaires, alors que fin juin 2010 le ministre du Budget, François Baroin, affirmait que « les patrimoines de plus de 3 millions d'euros sont contrôlés [en moyenne] tous les trois ans » ?

C'est sans doute une question à laquelle va devoir répondre Éric Woerth, l'ex-ministre du Budget, ex-responsable du financement de la campagne présidentielle de Nicolas Sarkozy, ex-trésorier de l'UMP, devant les juges d'instruction de Bordeaux qui sont en charge des volets les plus sensibles de l'affaire Bettencourt, c'est-à- dire des délits d'évasion fiscale, de blanchiment d'argent, mais aussi de financement politique illégal et de trafic d'influence. Ceux-ci l'ont convoqué à Bordeaux, les 8 et 9 février 2012, et mis en examen pour « trafic d'influence passif » et pour le « recel »[1] des 150 000 euros présumés destinés à la campagne présidentielle de Nicolas Sarkozy en 2007.

Je n'ai pas besoin d'être devin pour savoir quelles autres questions ont été posées ces deux jours-là à Éric Woerth. Une première série d'interrogations l'ont sans doute confronté aux liens particulièrement étroits qui le liaient à Liliane Bettencourt et à ses plus proches conseillers. Comment a-t-il pu aussi justifier l'embauche, à sa demande, de sa femme Florence par Patrice de Maistre, fin 2007, en tant que directrice des investissements de Clymène, la société de gestion des avoirs de Liliane Bettencourt ?

---

1. La dénomination exacte de sa mise en examen est « recel à raison d'une présumée remise de numéraire qui lui aurait été faite par M. Patrice de Maistre ».

En effet, le 29 octobre 2009, l'omniprésent Patrice de Maistre expliquait ainsi à Liliane Bettencourt qui était Éric Woerth : « C'est le mari de Mme Woerth, que vous employez, qui est une de mes collaboratrices… […] Lui est très sympathique et c'est notre ministre du Budget. […] Il est très sympathique et en plus c'est lui qui s'occupe de vos impôts, donc je trouve que ce n'était pas idiot [d'embaucher son épouse]. » Réciproquement, le 23 avril 2010, dans un contexte devenu délicat, Patrice de Maistre expliquait à l'héritière L'Oréal, à propos de Florence Woerth : « Je me suis trompé quand je l'ai engagée. […] J'avoue que quand je l'ai fait, son mari était ministre des Finances [du Budget], il m'a demandé de le faire. »

Comment a-t-il tenté, certainement, de faire croire qu'il ne savait rien, en 2008 notamment, des activités réelles de son épouse, laquelle faisait alors virer, par exemple, quelque 280 millions d'euros des comptes français de Clymène sur des comptes d'UBS à Genève, ni de ses séjours presque permanents à Genève, où de nombreux témoins se souviennent qu'elle résidait « presque à demeure » dans la luxueuse résidence de Château-Banquet ? Comment a-t-il pu nier son excessive proximité avec Patrice de Maistre, le gestionnaire de toutes les affaires – même les moins claires – de Liliane Bettencourt et, par ailleurs, l'employeur de son épouse Florence au sein de Clymène, de fin 2007 à juin 2010, alors qu'il écrit en mars 2007 au ministre de l'Intérieur de l'époque, Nicolas Sarkozy, pour appuyer la demande de Légion d'honneur de ce grand argentier, obtient satisfaction à ce sujet en juillet 2007 et procède lui-même à la remise de la décoration en janvier 2008 ? Comment, surtout, a-t-il sans doute tenté de démentir que l'argent en liquide qui lui était remis sous enveloppes par Patrice de Maistre, au nom de Liliane Bettencourt, était en fait destiné au candidat Sarkozy à la présidentielle de 2007, alors que le photographe François-Marie Banier, intime de la milliardaire, avait écrit dans un de ses carnets, en date du 26 avril 2007 : « De Maistre me dit que Sarkozy demande encore de l'argent » ?

★ ★ ★

Sur les rives du lac Léman, les langues commencent à se délier. Les fanfaronnades anti-évasion fiscale d'Éric Woerth agitant, à la fin de l'été 2009, la menace d'exploiter une liste de 3 000 fraudeurs, volée à la filiale HSBC de Genève, puis les propos accusateurs de Nicolas Sarkozy vis-à-vis de la Suisse lors des deux dernières réunions du G20 ont beaucoup agacé. Et réveillé quelques souvenirs. Notamment celui de la visite du trésorier de l'UMP à Genève, le 23 mars 2007, en compagnie de Patrick Devedjian, alors député des Hauts-de-Seine, tous deux étant venus à la rencontre intéressée du « Premier cercle » des donateurs suisses au candidat Nicolas Sarkozy. Début de soirée au Crowne Plaza, puis réunion chic au Caviar House, rue du Rhône. Le voyage, paraît-il, fut une réussite. Quelques jours auparavant, le futur ministre du Budget avait écrit au ministre de l'Intérieur, Nicolas Sarkozy, à propos d'une certaine demande de Légion d'honneur... Au total, le « Premier cercle » piloté par Éric Woerth a récolté plus de 9 millions d'euros auprès de personnes privées, pour soutenir la candidature de Nicolas Sarkozy, en 2007[1].

Mais, quelques années plus tard, des participants à cette réunion caviar parlent[2]. Ils racontent, par exemple, que Florence Woerth logeait, lors de ses nombreux séjours à Genève en tant que directrice des investissements de Clymène (2007-2010), dans un appartement des Bettencourt dans la résidence luxueuse de Château-Banquet, que ce vaste logement était officiellement la propriété de la société immobilière En Bergère Vevey SA, dont le siège est au 55 de l'avenue Nestlé, à Vevey, au cœur de l'empire du géant de l'agro-alimentaire[3]. Or un des administrateurs de cette société immobilière serait particulièrement proche de maître M., un avocat d'affaires genevois qui détenait la signature sur les comptes suisses de Liliane Bettencourt et qui, de ce fait, était le pourvoyeur de Patrice de Maistre en espèces, lorsque les besoins de celui-ci en la matière dépassaient ce qu'il pouvait faire sortir du compte parisien BNP de la

1. La rivale du alors futur président de la République, Ségolène Royal, n'aura récolté qu'un peu plus de 743 000 euros auprès de donateurs privés, à la même époque.
2. *Tribune de Genève*, 3 septembre 2010.
3. Nestlé possède 29,7 % du capital de L'Oréal dont la famille Bettencourt détient toujours 30,9 %. Depuis 2004, ces deux premiers actionnaires sont liés par un pacte qui donne un droit de préemption à chacune des parties si l'une des deux décide de vendre ses parts.

milliardaire. D'ailleurs, en juillet 2010, des émissaires de Patrice de Maistre ont entamé des démarches pour convertir – autant dire « blanchir » – les avoirs d'un compte non déclaré détenu à Vevey en propriété d'un bien immobilier sur les rives du lac Léman, pour une valeur de plus de 40 millions d'euros, à travers une société immobilière écran.

Les mêmes anciens membres du « Premier cercle » genevois de soutien du candidat Sarkozy à la présidentielle de 2007 aiment bien évoquer aussi l'époque où leur ex-champion, alors avocat d'affaires, accompagnait certains de ses clients très fortunés sur les rives du lac Léman, même après qu'il eut été élu maire de Neuilly-sur-Seine, en 1983, puis député, en 1988, puisqu'il ouvrit son propre cabinet en 1987 avec deux associés. Cette double casquette politico-juridique lui attira rapidement les faveurs des étoiles du show-business et du sport. C'est lui qui présenta, par exemple, le tennisman Henri Leconte au gestionnaire de fortune genevois Jacques Heyer (Heyer Management SA), lequel s'occupait aussi des affaires suisses de Jean-Claude Killy, de Jean-Paul Belmondo, de la chanteuse Petula Clark, de Johnny Hallyday, de Didier Schuller, ancien directeur des HLM des Hauts-de-Seine, qui se réfugiera d'ailleurs dans la villa de son financier suisse, en février 1995, avant de s'envoler vers d'autres « planques », aux Bahamas et à Saint-Domingue, muni d'un vrai-faux passeport belge. Le gestionnaire de fortune genevois fut finalement inculpé de « gestion déloyale aggravée », en 1997, puis condamné en 2005 et 2006, après avoir trompé et ruiné certains de ses clients, dont Henri Leconte, justement.

Les enquêteurs qui ont été chargés de décrypter les montages financiers de Jacques Heyer ont vite vu que sa société de gestion était liée à la Banque financière de la Cité (BFC), liquidée le 3 décembre 2009, laquelle usait et abusait de sa filiale implantée à George Town, la capitale des îles Caïmans. Ils butèrent d'ailleurs sur la non-coopération judiciaire de ce paradis fiscal, au point qu'ils n'ont jamais réussi à connaître tous les clients de Jacques Heyer. À Genève, des noms sont toujours cités, dont, entre autres, ceux de Patrick Balkany, de Nicolas Sarkozy et d'Ali ben Mussalam, ce cheikh saoudien qui fut au cœur des négociations de vente par la France de trois frégates de classe La Fayette (contrat « Sawari II ») à l'Arabie saoudite, en 1994, et qui fut aussi impliqué dans le financement du terrorisme islamiste, à travers une banque sise à Lugano, dans le canton suisse du Tessin. Une des sociétés offshore de cet intermédiaire saoudien, décédé à Genève en juin 2004, fut sans doute abritée par la nébuleuse de sociétés écrans administrées par Jacques Heyer au Panama, aux Bahamas, dans les îles Vierges et dans les îles Caïmans.

Il est désormais connu que le contrat « Sawari II » fut assorti de commissions et de rétro-commissions extra-ordinaires[1], notamment *via* la société luxembourgeoise dite « de développement international » Heine SA. Un

---

1. 19 milliards de francs, soit 2,9 milliards d'euros, selon *Challenges* daté du 1er juin 2010.

rapport de la police luxembourgeoise, daté du 10 janvier 2010, soutient ainsi que cette société écran a été créée, en 1994, avec l'accord de Nicolas Sarkozy, alors ministre du Budget. Deux commissaires, Éric L. et Alexandra G., y évoquaient des « rétro-commissions pour payer des campagnes politiques en France ». Lors de son audition pour mise en examen par le juge Renaud Van Ruymbeke, le 2 décembre 2011, Gérard-Philippe Menayas, ancien directeur administratif et financier de la branche internationale Direction des constructions navales (DCN), a confirmé l'essentiel de ces informations. Il a ajouté que les dirigeants de Heine SA se sont rappelés aux bons souvenirs de certains dirigeants politiques du plus haut niveau, dont Nicolas Sarkozy, en 2006 et 2007, en signalant qu'ils conservaient « des documents compromettants dans un coffre de la banque suisse UBS[1] ».

D'ores et déjà, Nicolas Bazire[2], Thierry Gaubert[3] et l'ancien ministre Renaud Donnedieu de Vabres, alors directeur de cabinet de François Léotard,

---

1. Révélations du *Nouvel Observateur* daté du 23 février 2012 : « Karachi : l'homme qui en savait trop », par Serge Rafy.
2. Directeur de campagne d'Édouard Balladur, en 1995, ami de Nicolas Sarkozy, témoin au mariage de celui-ci avec Carla Bruni, ami aussi de Thierry Gaubert dont l'ex-épouse affirme qu'il convoyait des valises d'argent liquide depuis la Suisse, lors de la campagne électorale de la présidentielle de 1995, pour les remettre à Nicolas Bazire, en vue de soutenir le candidat finalement battu par Jacques Chirac.
3. Ami et ancien collaborateur de Nicolas Sarkozy à la mairie de Neuilly-sur-Seine puis lorsqu'il était ministre du Budget du gouvernement Balladur, de 1993 à 1995.

ministre de la Défense au moment des faits, sont mis en examen dans le cadre de ce dossier judiciaire particulièrement complexe. Dans la perspective d'investigations plus avancées, les silhouettes de François Léotard, ancien ministre de la Défense à l'époque des faits, d'Édouard Balladur, ex-Premier ministre et candidat malheureux à la présidentielle de 1995, et de Nicolas Sarkozy se profilent sur le même horizon crépusculaire. Comme quoi, la piste de l'évasion fiscale mène aussi, semble-t-il, à l'affaire Karachi[1], dont le volet financier est actuellement instruit par les juges Renaud Van Ruymbeke et Roger Le Loire.

★ ★ ★

Toutes ces coupables mondanités, développées sur fond d'évasion fiscale, de sociétés écrans, de comptes offshore et de coffres-forts suisses, couvrent donc, en réalité, au-delà du conflit d'intérêt, du favoritisme, du trafic d'influence et de la corruption, un financement politique illégal particulièrement massif, lequel permet des trains de vie à faire pâlir de jalousie Sa Majesté la reine d'Angleterre. À ce sujet, le témoignage constant de l'ex-comptable de Liliane Bettencourt, Claire Thibout, est accablant. Elle a raconté, depuis juillet 2010[2], qu'elle

1. Fabrice Lhomme et Fabrice Arfi, *Le Contrat. Karachi, l'affaire que Sarkozy voudrait oublier*, Paris, Stock, 2010.
2. *Mediapart*, jeudi 8 juillet 2010.

avait elle-même retiré 50 000 euros en liquide du compte BNP de la milliardaire, en janvier 2007, à la demande expresse de Patrice de Maistre qui lui avait alors confié vouloir remettre une enveloppe de 150 000 euros à Éric Woerth, « pour financer la campagne présidentielle de Sarkozy ». Ses informations ont été confirmées par la jeune femme, le 14 septembre 2011, devant le juge d'instruction bordelais Jean-Michel Gentil.

Plus gravement encore, Claire Thibout a affirmé qu'elle est aussi certaine que « Nicolas Sarkozy recevait aussi son enveloppe », précisant même qu'il s'agissait d'« une enveloppe kraft demi-format »... Le 20 septembre 2011, la juge Isabelle Prévost-Desprez a été entendue par son collègue Jean-Michel Gentil à propos des déclarations de deux témoins qui auraient aussi vu Nicolas Sarkozy toucher de l'argent liquide chez la milliardaire, déclarations qui auraient été faites hors procès-verbal.

Il semble que la générosité de Liliane Bettencourt à l'égard des champions de l'UMP ne s'est pas tarie en 2007. Les enregistrements clandestins du majordome de la milliardaire, validés comme preuve par la Cour de cassation le 31 janvier 2012, ont immortalisé une scène surréaliste, le 4 mars 2010. On y entend Liliane Bettencourt signer, sous la conduite de Patrice de Maistre, trois autorisations de paiement en faveur de Valérie Pécresse[1], alors

---

1. Elle est actuellement ministre du Budget, depuis le 29 juin 2011.

ministre de l'Enseignement supérieur et de la Recherche, engagée dans la campagne des élections régionales en Île-de-France, d'Éric Woerth, alors encore ministre du Budget[1], et de Nicolas Sarkozy, président de la République. Pour la première, le montant du don aurait été de 7 500 euros[2] ; pour le second, il se serait élevé jusqu'à 10 000 euros ; quant à Nicolas Sarkozy, le montant du don qu'il aurait reçu n'est pas mentionné lors de la discussion enregistrée.

Peu importe. Les juges d'instruction du tribunal de grande instance de Bordeaux n'arrêteront plus leurs considérables investigations. Au-delà du « trésorier » Éric Woerth, ils remonteront inexorablement jusqu'à la tête du système de corruption nationale qui, sous les chefs de trafic d'influence et de complicité à l'évasion fiscale, a couvert, depuis plus de quinze ans, une fraude phénoménale aux frais des contribuables français.

De même, les juges d'instruction Renaud Van Ruymbeke et Roger Le Loire, en charge du volet financier de l'affaire Karachi, remonteront inexorablement jusqu'à la même tête du système de

1. Il devient ministre du Travail, de la Solidarité et de la Fonction publique quelques jours plus tard, le 22 mars 2010.

2. Le Code électoral interdit aux « personnes privées » de verser plus de 4 600 euros à un candidat. Les dons des entreprises sont interdits depuis 1995.

corruption internationale qui a coûté la vie à au moins quatorze personnes, dont onze employés de la Direction des constructions navales, lors de l'attentat du 8 mai 2002. Tous passeront ou repasseront obligatoirement par la Suisse, à Genève en particulier, afin de tenter de remonter les mêmes mouvements de fonds suspects entre des comptes non déclarés ouverts dans de nombreuses banques, à Genève, à Vevey, à Lausanne, à Bâle, à Zurich...

Souvent, ils seront obligés de se pencher sur les arcanes sonnants et trébuchants de la plus importante – de loin – des banques de gestion de fortune au monde : UBS. Sans doute se demanderont-ils alors comment et pourquoi leur collègue du parquet de Paris puis de Nanterre, Philippe Bourion, n'a pas enquêté plus vite et plus à fond sur l'évasion fiscale massive organisée au moins depuis 1999 par cet établissement mythique, malgré les très nombreuses informations recueillies, depuis 2004, par de nombreux services de renseignement et de police, par les contrôleurs de la Banque de France et par la douane judiciaire.

Peut-être que ce livre très partiel, s'ils lui font l'honneur de le lire, leur apportera un commencement de réponse, un indice, un bout de fil sur lequel ils auront quelque intérêt à tirer, eux qui travaillent inlassablement au service de la vérité et de la justice.

Table

COMPOSITION : NORD COMPO MULTIMÉDIA
7 RUE DE FIVES - 59650 VILLENEUVE-D'ASCQ

Cet ouvrage a été imprimé en France par
CPI Bussière
à Saint-Amand-Montrond (Cher)
en mars 2015.
N° d'édition : 109343-5. - N° d'impression : 2014218.
Dépôt légal : novembre 2012.